MUJERES CON VOZ DE TINTA

EL DUELO

MUJERES CON VOZ DE TINTA

EL DUELO

CRÓNICAS DESDE LA AUSENCIA

librerío

Primera edición, mayo del 2025.
ISBN: 9798283989372

Diseño de portada: Edgar Alan Pacheco Peña

PRÓLOGO

Los recuerdos forman parte de nuestra existencia. Los recuerdos son la frontera en donde el presente se reencuentra con un posible futuro. Sin embargo, a veces los recuerdos representan dolor, ausencia y soledad.

El duelo es un tema muy explorado desde diferentes perspectivas. Y, sin embargo, aquí, en esta antología de mujeres con voz de tinta, nos adentramos a la diversidad de miradas ante la pérdida. Cada una de las autoras lo ha vivido, imaginado y soñado de manera particular; y en su mirada, existe y sobrevive la razón que mantiene a la historia vibrando en lo profundo de sus corazones.

A través de estas 15 voces, vamos enhebrando los inicios y finales de toda existencia. Es un hecho que al menos uno de estos relatos te hará reflexionar, aunque sea por un instante...

Tabla de contenido

ARCELIA MEJÍA NAVA. 7

MARÍA COUOH. 17

LAURA LIBERTAD. 27

GLORIA YVETTE HERRERA GONZÁLEZ. 34

ALEJANDRA GUTIERREZ LUPERCIO. 41

LORENA BARGAS CAPORALI. 48

LORENA ERICKA VÁZQUEZ TOSCANO. 50

MAGDA BALERO. 56

CONCEPCIÓN MÁNICA ZUCCOLOTTO. 63

ELIZABETH ARÉSTEGUI GONZÁLEZ. 72

PILAR OCAMPO PIZANO. 81

AIDE MATA. 88

MARÍA TERESA VÁZQUEZ BAQUEIRO. 95

ANA MARGARITA ANDRADE PALACIOS. 101

KATHERINE LÓPEZ LÓPEZ. .112

ARCELIA MEJÍA NAVA

A la deriva

Una parte de ti se ha quedado conmigo
entre cuatro paredes,
resistiéndose tanto a partir,
como mi cuerpo a despertar por las mañanas.

A lo largo del día y las semanas he salido a buscarte
por todos los caminos hasta el alba.

Incluso en las banquetas, en que alegres
tantos niños jugaban.
He gritado tu nombre tantas veces,
que enmudeció mi voz y mi garganta.

He salido a buscarte por las calles,
los parques y las plazas.
Te busque en otros cuerpos,
en los mares,
en caminos desiertos.

Te busque incluso dentro de otras almas.
Te espero

Me duele tu imagen serena y olvidada en el espejo.
Me duele la risa callada y desteñida de tus besos.
—Tus ausentes besos—
Me dueles tanto, tanto,

que parece que fueras tú mi brazo o mi pierna.
Nuestra separación me duele tanto.

No encuentro en ningún lado tu imagen quieta
para respirarla hasta el alma.
No me dejaste siquiera tu sonrisa en el buró
para beberla por las mañanas.

Te anhelo tanto aun a pesar de todo,
que te grito en secreto.
Aunque duela tu risa imaginaria,
aunque desgarre el alma tu silencio,
aunque mate el recuerdo.

Aunque me duelas ¡Sí! Aún te quiero
Tengo sed de tu abrazo
en este frío de invierno.

Más que un bien a mi vida,
le das dolor al cuerpo.

Tengo ansias de tus besos, de tu tiempo.

¡Quiero verme en tus ojos como entonces!
Me duele tu recuerdo y mi desvelo,
y mi cuerpo desierto.

Me duele tanto el hueco entre mis brazos,
que sin querer te espero.

Noche negra

Hoy pudiera morirme de tristeza,
derramar
mis silencios sin consciencia,
a llanto abierto desgarrar las venas.
Revolver los recuerdos que hacen mella.
Y deslizar ceceante en la escalera
que baja hasta tu cripta,
mis quimeras.
Evoco tu presencia quieta y ciega.
Resguardo los recuerdos,
que se quedan abrasando mi alma con tu hoguera.

Se cimbra mi interior
ante tu ausencia
el llanto y el dolor se me exacerban
frente al sepulcro cruel que me atormenta.

Duda

La ausencia se presenta como mortaja para vivos y muertos por igual; es un sepulcro por sí solo, un sepulcro distinto a aquel del camposanto.

La mañana está en calma. Las nubes se agolpan sobre el cielo cerúleo dispuestas a quedarse inmóviles, testigos fieles de tu despedida; endulzan el adiós con una sombra tenue, dilucidando ínfimas siluetas del cortejo mortuorio; figuras lánguidas desencajadas, que se adelgazan entre los caminos del camposanto hasta la fosa abierta.

Ahí al pie del féretro, un cúmulo de flores se yerguen como ofrenda, se sacuden inundando el ambiente de perfumes. Por un momento casi me distraen del dolor. Luego miro la foto, los presentes, las lágrimas, la fosa y una simple resuena en mi interior...

MUERTO

MUERTO

¡MUERTO!

¿Qué significa eso?

No poder abrazarte nunca más.

No contarte mis sueños (si los tengo).

No salir juntos de paseo al parque.

No acariciar tu cuerpo.

Algo me saca de mis cavilaciones. Me estremece el chirrido de la estructura que baja lentamente el ataúd; luego las placas de concreto con que sellan la tumba y las paladas de tierra que caen bruscamente en la fosa, como si las manecillas del reloj apuraran las manos que las cargan, como si el tiempo fuera poco y las prisas bastas.

Las flores han quedado tendidas al pie del cúmulo de tierra. En cuestión de segundos han formado un montículo de piedras para marcar la tumba. Esa imagen se queda tatuada en mi memoria. Cierro los ojos para recordarte, para atesorar en mi interior tu rostro, tu voz y tu aroma antes de marcharme. Paso un largo rato frente a la sepultura. Platico contigo peno no me escuchas. Lloro en silencio buscando una explicación. Me hago tantas preguntas... ¿Por qué ahora que éramos tan felices? ¿Qué harás tú? ¿A dónde irás? ¿Cómo toleraré esta existencia si tú no estás conmigo? ¿Cómo continuaré sin ti?

Me inunda la tristeza al no obtener respuestas, el vacío se incuba en mi pecho y trato de volver sobre mis pasos a nuestro lugar seguro.

Llego a casa. Está desierta de sonidos. También parece muerta.

A partir de la puerta de entrada, hasta el último rincón de la cocina el aire es grueso, incomodo, lastima al traspasarlo.

Sobre la mesa de la sala se encuentra nuestra fotografía, esa del día último del año donde nos sobró alcohol y faltó la vergüenza; cuando te atreviste por primera vez a cantarme en público y yo te ovacioné a grito abierto. Esa noche en que fuimos tan felices que nuestros rostros resplandecían, sin pensar la tragedia que nos esperaba pocos meses después.

La muerte es despiadada, no discrimina, no distingue y no espera.

A lo largo del tiempo, nuestros muertos nos acostumbran a las despedidas, aunque despedacemos nuestras almas con cada uno de ellos que se marcha. Desde niños, aprendemos del ritual mortuorio. Normalizamos los funerales. Dejamos a los difuntos en el camposanto, con la esperanza de que en verdad descansen del dolor de la vida; los cubrimos de flores y de elogios, con la promesa de volver a verlos el día que la guadaña nos alcance y presumimos que hablamos con ellos, que nos visitan en sueños y asumimos que nos responden y que aprueban nuestras decisiones, nuestros cambios de humor y nuestro llanto. Los dejamos ahí bajo el sepulcro, creyendo que es un cuerpo al que enterramos y que la esencia propia de las almas descansará en el cielo, en paz.

Nos marchamos a casa ya sin ellos, dejamos a los muertos en su tumba y morimos también con los que han muerto.

La ausencia es la mortaja de los vivos. La verdadera mortaja que los atormenta: Ver las camas vacías, la ropa en el armario, las cosas favoritas de los que se han marchado. El luto lo enfrentamos al llegar al hogar, al buscar los aromas de los seres queridos, al envolver los brazos y agriar nuestro regazo entre un llanto espontaneo.

Te he acompañado en cada paso. La velación fue larga en la funeraria y aunque hubiera querido detener el tiempo, para que las horas no se escurrieran entre las manecillas del reloj como agua entre mis manos, no me fue posible. Contemplé a tu lado las vetas doradas del marco de encino en el féretro. Me perdí en la llama de los cirios dibujando tus labios con mis ojos. Abracé cada segundo en tu presencia, como los últimos posibles. Caminé contigo hasta el panteón frente a la fosa para decirte adiós, te hablé y me convencí desde esa tumba que debía quedarme ahí, descansando en paz. Pero no puedo. La tristeza que alberga tu mirada me obliga a acompañarte. Aunque no me veas. Aunque no me escuches. Aunque yo sea solo recuerdos a tu alrededor.

Estoy muerto. Sí

Eso nunca te enseñan a vivirlo.

La angustia de dejar lo que más amas como un naufragio ciego, sin que tú puedas guiarlo o mínimamente acompañarlo; la incertidumbre de quedarte solo; la indecisión de no saber que hacer ni como digerir el trago amargo.

He vivido el silencio de los llantos de quienes te abrazan para darte el pésame, cada lágrima duele; pero agradezco que hayan estado ahí contigo para decirte lo que yo no puedo. Espero a veces que alguien toque la puerta y te consuele, que te digan que yo siempre voy a acompañarte, porque desde donde me encuentre cuidaré de ti. Espero que te digan lo que les dije un día en confidencia: Que fui feliz contigo. Que te amé inmensamente. Y que nunca por nada del mundo hubiera querido vivir otro destino que no fuera contigo. Que eres TÚ y siempre serás TÚ.

Debo decirte que, desde mi tumba (no la tumba física sino el estado en que me encuentro hoy) a veces veo pasar un río de lágrimas.

En ocasiones es descontrolado, con un caudal que lo arrebata todo; aparece de pronto de la nada y me hunde en una corriente fría y densa. Te busco y no te encuentro, solo veo desolación y la tristeza me sobrepasa como si navegara a la deriva en una barca sin remos. El entorno es oscuro, tétrico, me saturan las sombras. Escucho gritos, llantos; la desesperación me embarga en ese vagar interminable. Otras veces el río es de agua clara, lágrimas cristalinas que dejan una esencia dulce en el ambiente, la corriente dispersa me acaricia como si una extensión de ti me consolara, pero tampoco te veo. Te busco y no logro verte.

Hay ocasiones en que escucho tu voz, dispersa sobre el manto de la niebla que abunda en mi existencia; es una niebla densa, casi permanente. Cuando recién llegué a este lugar me parecía un obstáculo infranqueable, ahora casi me diluyo en ella. Llegué con todos los miedos que conozco y los fui incrementando hasta que me sepultaron en una montaña de inseguridades. El día de mi funeral, ahí frente a la tumba respondí cada una de tus preguntas, pero mis respuestas no lograron atravesar la línea entre tu mundo y el mío.

Estoy muerto. Sí

Aquí en esta existencia, soy un recuerdo que se desvanece. Creo que me he reducido de tamaño y que habito el espacio de mi tumba. Detecto el aroma de las flores, algunas voces vagas, sombras inmensas que me sobrevuelan. Recuerdo cada parte de mi cuerpo, aunque no logro verme. Hay silencio en mi entorno, pedazos de silencio y luego tú; ríos, niebla y aromas que se esbozan a mi alrededor. Aún no logro distinguir en donde estoy, tal vez en un limbo, un espacio entre tu mundo y el mío para no abandonarte mientras me necesites; para buscar la forma de hacerme presente. No distingo tampoco el paso del tiempo, aquí no hay sol ni luna para fragmentarlo; me guío por la niebla, tremendamente espesa en días difíciles o muy ligera para días en calma, me guío por tu voz que casi me acaricia o que divaga. En ocasiones creo que el tiempo se detiene, aquí se aprecia todo de forma diferente.

Escucho los susurros de oraciones y el transitar de almas. También he distinguido los murmullos que mencionan mi nombre, pero no estoy listo para dejarte. Cierro los ojos y finjo demencia hasta que se marchan.

Sé que debo elegir entre ponerle fin a esta existencia efímera y traspasar el velo de la contemplación para permanecer a tu lado como una esencia inerte, o buscar mi descanso y retornar al creador.

La luz está aquí frente a mí como una puerta abierta, pero aún escucho tu llanto a mis espaldas.

MARÍA COUOH

Palos y piedras

He visto, por un decir, como que salga la luz de entre los golpes que oprimen los días. Como cuando entre dos piedras nace una chispa y se prende así la candela. Uno no entiende cómo, pero así pasa.

Nunca supe cómo librarme de los palos, golpeaban duro, bien duro mi mente porque me costaba olvidar las palabras o porque como que me quitaban las ganas de las cosas. Muchas veces pensaba que, si el amor existía, en verdad deseaba tener amor verdadero, porque algo en esta vida debía ser mejor que los palos.

De niña me hacía dos aritos con las manos, como si fueran lentes para ver si podía ver a dentro de las personas las marcas de los palos que les hicieron. Me gustaría ser como Vicky, o como Lancha, o como mi tía María, ellas sí que sangraban con los palos. Yo no, a mí lo único ha sido por dentro, pero casi toda la vida.

Me han pedido que escriba estas cosas porque dicen que de eso depende si buscan un lugar mejor para mí. Yo ya les dije, que como hubiese quedado la casa, así me puedo quedar ahí. No me dio tiempo de sacar los centavos que tenía levantados, ni los papeles para mostrarles que la casa era de mi mamá.

No recuerdo muy bien esa noche, yo estaba cantando la de Peregrina que me gusta mucho, cuando mi mamá gritó que me calle y que apague su radio. Guardé silencio un rato y me fui al patio. Desde hace años estábamos solas ella y yo.

Me senté junto a la mata de flor de mayo y sí recuerdo que a pesar de su perfume sentí un poco el olor a humo, pero yo ya había apagado mi nixtamal. Y no sospeché, por mi mente no cruzó nada. Las estrellas se estaban acomodando apenas, normal, yo siempre hablaba sola en la noche, deseando de veras conocer un amor, y que, si existía... —hacía ojitos la estrella que sí—. Yo le preguntaba y hacía ojitos que sí.

Mis deseos eran naturales, que alguien me quiera y que yo también lo quiera mucho, para siempre si se podía. Quería algo como tenían doña Mary y don Luis que desde antes del amanecer cuando nadie había despertado, ya estaban ellos como compartiendo un dulce al hablarse, o como cualquier mamá que da beso a sus hijos, algo, a alguien, pero desde pequeña me di cuenta que era yo un poco rara, así también oía que lo decían. Tenía como una piedra adentro. Todo lo miraba como ausente, como que no estaba. Estos últimos años sí a veces ya estaba muy cansada, pero yo nunca me imaginé que así iban a ser las cosas.

Cuando mi mamá empezó a perderse de su mente, tenía cambios en sus sentimientos, en su humor. Me daba pena verla llorar casi por todo, y cuando me daba cuenta, sí me daba coraje su trato.

Yo no sabía, hasta que los vecinos venían y me decían que no debía tratarme así. Para mí era normal todo, a veces sí dolía mucho, aun cuando ya era yo muy piedra.

El Padre me dijo que era mejor irme de ahí, que a ese trato no era posible seguir viviendo. O que si quería podía elegir crecer en mi fe. La psicóloga me dijo que lo mejor era tener mi espacio y visitarla de vez en cuando, pero nunca supe cómo hacer las cosas. Y Celina cuando venía a verme se quedaba junto a mí y a veces también lloraba conmigo.

Un día me caí jugando en la calle, no reaccioné y la gente me preguntó siempre por qué no metí las manos. Es que yo no sabía que se podía. Como que no reaccioné. Así me pasó esa noche. Es que para los palos es igual. No se puede. Alguna vez intenté tapar mis oídos, pero los ojos llenos de odio, esos ya son como tiro de escopeta.

Para mí todo así estaba bien, pero la gente se empezó a meter cuando su enfermedad avanzó más, y querían llevársela. Cuando yo lo supe no quise porque no siempre está perdida, un día cuando ella estaba sentada y yo parada dándole su pastilla, me encontró la mirada, y nos recorrimos los ojos, ella ahí estaba y yo también ahí estaba, fue un momento y sin decirnos nada, nos sentimos.

El otro día la oí decir: "Señor no me lleves por pedazos, mejor completa". Y ahí vi que sí se daba cuenta. ¿Y si en la noche se despierta perdida? No sé si ahí a donde la lleven la van a abrazar; o si se enferma, a veces cuesta que trague su medicamento. Algo en mi corazón me dijo que no. Algo en mi mente, que sí, que mejor sí. Y como sé que soy como pequeña y necesitada de misericordia, pregunté y la trabajadora social dijo que era normal que dijera que no, porque estaba acostumbrada a sufrir.

Mi mamá siempre decía que nadie me hizo caso porque estoy fea. Y decía riéndose que yo misma de niña lo decía. Le gustaba disfrutar su recuerdo que no sé si ella inventó. Yo no creo haber dicho eso. Lo que sí creo es que nunca supe dejarme querer por mucho que me lo repitiera.

Cuando era niña y jugaba sola en el techo, miraba cómo cambiaban los colores de las hojas con las estaciones y algo en mí se sabía amada, cada vez que contemplaba, me daba cuenta de una ternura queriéndome. Aun así, con mis torpezas, sí noté que cada vez, con más frecuencia se iba ella de sí misma.

Y comprendí un día que esa despedida sería lenta como un goteo cuando te desangras. Sus ojitos a veces estaban muy vivos y otras veces perdidos. Ese día lloré mucho, pero como sea lo acepté. Con el tiempo ella estaba cada vez más ausente y yo también, de mí misma. Las vecinas empezaron a decirme que huyera porque ya me veían rara, más ida de lo normal. Celina vino con la carreta para llevarnos con las cosas al rancho, pero le dije que estaba bien; que ya había llorado y que si algo pasaba le avisaba; por eso Nacho fue que le avisó a ella.

Ya nadie quería acercarse a ella, poco a poco ni a mí. Éramos nosotras dos. Ella mi amiga y yo la de ella. A veces me cambiaba el nombre, cuando nadie había me contaba sus historias, pero si había alguien más, yo era solo el servicio. Para ella era un orgullo decir que sus diez hermanas se casaron como ella de velo y corona; y luego se refería a mi penosa vida desperdiciada como decía, que no debía opinar pues no tuve hijos y qué iba yo a saber sobre el amor.

A veces, sí me dormía llorando ¿cuándo iba yo a conocer el amor? y menos ahora con mi mamá enferma, o me quedaba despierta pensando algo que de una vez les digo; que, si un día también me pasa algo como a ella, que me perdonen, que, si le doy de golpes a alguien o les insulto feo, que no tarden por favor en perdonarme, porque no es porque quiera, así es cuando uno está ausente por la enfermedad.

Muchas veces lavando el piso comprendía cosas que me hacían ligera de mi pecho. Me daba cuenta que bajo el sol cargando leña me venía un odio con toda esa fuerza que tenía que hacer, a la leña le tocaba la paliza, pero luego un llanto como que me inundaba toda, venía desde bien adentro y como estaba sola en el monte, lloraba por todo, lloraba con las flores y dejaba que el viento me acariciara y me secara, que me calmara.

Un día una abeja me picó. No dolió mucho, pero aproveché para llorarlo todo de una vez. Sentí que la piedra se suavizó cuando la vecina me llamó a comer y me encontró llorando sola todo esto. Ese día descubrí que cuando alguien llora se le abraza. El amor cariñoso se dejaba ver en los otros y yo ya sabía cómo se hace cuando alguien piedra se rompe.

Siempre traté de entender así a mi modo tonto como decían. Me ha sido bueno perdonar siempre, pero no siempre fue fácil.

Ese día en la cocina ella tomó la cuchara de madera y la agitaba acercándola a mi cara. Ahí sí noté que la candela como que se levantó de más y también olí el humo. Mi odio se movía dentro de mí. Me contuve de pegarle. Ya dije que cuando la ira se me sube no me conozco, pero ya casi no pasa. Vi que en sus ojos no estaba ella y me acordé que estaba ausente, pero los gritos ya los habíamos echado. Estábamos cansadas de pelear, como dos culebras nos habíamos herido, en su poca lucidez me estuvo amenazando con llamar al comisario y a la policía.

Fue muy doloroso y yo casi no toqué mi comida. Estaba muy sentida y hubiera querido como que me vendaran porque esas caídas; cuando olvido que lo de su partida es lento, luego me hacen sentir mal.

El doctor dice que no hay cura, su mente está yéndose. Hace no mucho comencé a mirarla dormir y me di cuenta como que me nacían flores adentro. Sentía ternura, la veía como un nene gordo, inocente y frágil. Me gustaba mirarla dormir y ver cómo doblaba los deditos de sus pies. Cuando empezó a hablar dormida me asusté, pero luego me daba risa porque era muy chistosa. Y yo me reía en la oscuridad en mi hamaca junto a ella.

Cada día notaba cómo se volvía más frágil. Veía menos, oía menos, caminaba más lento, dormía más. A la vez que se volvía más tierna, se hacía también más cruel, pero nunca vi que tratara mal alguien, por eso no entiendo por qué querían llevarla o sacarnos del pueblo. Y yo todas las noches acomodando los palos para no guardar rencor, para entender la enfermedad. Acomodando cómo tratarla, hablarle, que sí, que no. Deseando ser feliz, un poco feliz para que riéramos. Siempre quise ser feliz y sé que ella también.

Cuando le llevaba elote, sus ojitos le brillaban, un día no sé si estaba ausente pero cuando vio su comida en la mesa me asentó un beso en la cabeza. Se le olvidó quién soy. Yo también olvidé quién soy. Dicen tantas cosas de mí los del pueblo que decidí ser nadie. Yo pedí conocer el amor y poco a poco veo que como que se apoderó de mí, mientras más nos íbamos mamá y yo, más como que llegaba el pájaro azul. No sé si esto tenga que ver, pero me ha cundido toda de un algo que me es nuevo, es como un beso asesino. Yo era piedra y poco a poco ahora siento cómo late mi corazón de fuego, deseando contra mí misma lógica, que me consuma toda de esta vida sobrenatural. Estoy contaminada toda, tan adentro que creo que voy a morir pronto y quiero morir de amor.

Para el pueblo estoy loca, y nadie quiere estar conmigo. Pero lo que quieren es echarnos a mí y a mi mamá, porque aquí hay calabaza y estos árboles valen mucho, los quieren para unas sillas que ni van a usar. Les molesta que yo me quede, pero es que yo así quiero a mi mamá, no entienden que río con ella y cuando le hago su pan con mantequilla a veces me hace mi café. Somos como dos niñas jugando comidita. Nos vamos yendo, pero ya somos más amigas. Eso me gusta, aunque yo solo la escucho. Me gustaba así esta nueva vida.

Cuando estoy de vuelta en la noche pedaleando me siento muy ancha por adentro. De este sufrir me hizo libre el amor. De esta vida inútil me hizo plena el amor, pero nadie me creería que así estaba todo bien. Como nadie me creería que de dos piedras nace la chispa. Por eso creo que la candela se levantó alto ese día que peleamos.

No pido nada, no necesito nada. Ni a mí misma, porque estoy como abandonada a lo que me ama, si no estoy, sé que llegó en mí. Que, si me voy, siempre está. Que, si mamá se va o si termina yéndose más allá, sé que se va a donde el viento nace. Ese mismo viento que acaricia las lágrimas de los piedra. Dicen que estoy enferma, pero nunca antes sentí ser yo misma una florecita. Siento que a todos quiero y me dan ganas de abrazarlos y jugar, pero me contento con pensarlos.

Que estoy como ida, porque si mamá se altera y hay palos, solo me quedo a recibirlos porque pasa, todo pasa. Cuando era piedra me resistía, ahora dejo que caigan. Y cuando estoy en el silencio como en un nido perfumado y escondido, siento cómo las nubes que me molestaban se van ante su sol radiante y me siento niña. Mamá también se siente niña y a veces me dice mamá. Y yo la quiero como mi nene. Por eso no quiero que se la lleven. Que no me lleven por favor. No estamos solas. Él nos cuida todas las noches, aquí junto a nosotras se queda nuestra madre. Somos felices así, ausentes, somos todo lo que tenemos. El amor es todo lo que necesitamos.

Unos dicen que el incendio comenzó en el terreno de al lado y puede ser, otros dicen que era para que nos fuéramos, que no nos íbamos a dar cuenta. Yo pienso que pasó como con la chispa de las piedras. Mamá y yo incendiamos, juntas prendimos una candela más grande que la que hubiéramos hecho solas, sin la otra, y todo esto ha pasado para que eternamente se quede encendido nuestro amor y así, yo pudiera conocerle.

LAURA LIBERTAD

Desafío

Esos recortes mentales atormentan mis noches y mis días, son irónicos, opuestos, son instantáneas que me impiden avanzar, son muros impenetrables, oscuros, lodosos, cargados de pecados; habito sin compañía, sin una mano que reconforte mis desasosiegos. Como quien guarda sus deseos, que no es capaz de manifestar afecto alguno, desarraigado como un trashumante obligado a renunciar a todo, frustrado.

De manera violenta lastimaron mis raíces, como un árbol viejo desenraizado, perdiendo nutrientes, cargando pecados. Que el viento recoja mis sueños en la nada, que solo perturban vacíos en polvo, quimera en la nada.

Solitario, sin tiempo, sin infancia, sin un pasado que reclamar. Como un cometa sin origen, ajeno al paisaje, alguien que busca entre desconocidos un perfil familiar, una caricia tibia que lo haga despertar de esa tribulación inflexible, abominable. Lo aquejan fantasmas, caricias añejas que lo envuelven entre fantasías y locuras inquietas.

Ha permanecido entre la bruma de tiempo en tiempo. Es como una nube que flota y se aleja con el ritmo del viento. El temor al rechazo por extraños es un acoso invisible, es una tortura que lo sigue paso a paso, que crece como la maleza que adolece de cuidados. En su ausencia se vuelve distante, ajeno, extranjero en su yo inexistente. Al verse al espejo provoca miedo el intruso. Lo mira fijamente y le advierte que se retire; pues él no acostumbra platicar con extraños. Desconoce sus manos de artista, de artesano que en su tiempo crearon y moldearon el barro. Acariciando la arcilla, cada mineral, excitando sus deseos de imaginar cada pieza con destellos de cielo y mar.

Despierto entre sueños, quizá pesadillas, sueños tormentosos que inquietan mi aliento. La tribulación se presenta: amordaza, aniquila, exige mi esqueleto inerte, sin vida. Me cuestiono "¿Ya estaré muerto?" Con violencia alejo las sábanas frías, entre ellas habita el hielo que quema. Dedos tiesos, helados, pies transparentes, uñas azul mortecino; insisto en moverlos, quiero moverlos: estar seguro que sigo vivo. Y ante tal esfuerzo, la vida regresa, muy lenta, casi imperceptible: los giro, los contraigo; respiro profundo y me incorporo; he desafiado a la muerte.

Una figura inocente ha dormido a su lado: Sus curvas pronunciadas, su talle muy afinado, un busto sobresaliente, sus labios bien dibujados. Su cabellera cae sobre su almohada húmeda; quiere tocarla y se desvanece, inquieto la busca, ¡Se ha ido! Las palabras se le escapan y la vida sin memoria lo arroja al olvido del temido laberinto: oscuro, perturbador y solitario.

Camina, regresa, deambula sin un rumbo fijo. Un escalofrío recorre su cuerpo, pide clemencia ante esta incertidumbre que lo desvanece.

En cada respiro quiere recuperar el sentido que oriente sus pasos; no lo consigue, se amilana y el desconsuelo invade su cuerpo.

Escucha entre sueños una melodía acompasada, por momentos vuela y se desdibuja, regresa con vestido de bullicio, eso lo inquieta. Camina seis pasos regresa dos, esa caminata la recorre una y otra vez.

El forastero afina el oído en esa madera carcomida y vieja. Las betas de la madera le revelan un secreto, que taladra en la herida y trastoca al extraño.

Escucha voces, sonidos sibilantes, frases, palabras huecas, una sonoridad sin tiempo y sin espacio.

Los recuerdos llegan, tocan: "Toc, toc", nadie contesta, "Toc, toc, toc." Las almas se han ido en busca de nidos que abriguen sus vuelos. Ese hueco inerte habita en su sala: las risas, los llantos, todo lo confunde, nada lo consuela.

Un pasillo donde viven malvas y margaritas lo conducen al umbral de la casa. Cruza el arco de nochebuenas y sigue a un paletero que con su campana lo guía por el sendero. Al llegar a la plaza una algarabía ruidosa lo invita a seguir su camino: Locos platicando solos, chamacos corriendo, parejas de enamorados, ancianos sin dueño, un bolero tallando zapatos y la música sostenida con notas.

Llega al cementerio y ahí lo esperan sus ancestros. En la primera sepultura cobija sus penas. Se coloca en cuclillas y escarba la yerba cargada de escarabajos, cigarras y cochinillas. Escucha un silbido: "¿Será de mi abuelo?" piensa. Él duerme tranquilo en esta parcela donde lo cobija el viento y lo arrullan las estrellas. Mientras la noche serena se acerca, decide dormir con su abuelo, nada ha cambiado, su cálido abrazo lo abriga y le brinda consuelo. La historia que le cuenta es la misma de siempre, y, sin embargo, ante un amor sin tiempo, escucha sediento la ternura de su voz que lo regresa al estado primero, cuando alguna vez fue niño.

Lo acuna en sus brazos y en un sueño profundo restaña sus miedos. Se abandona al cariño que le tiene su abuelo.

Un ruiseñor interrumpe sus sueños, le canta al oído y le dice: "Ha despertado el viento, regresa por donde has venido". El celador del cementerio se acerca y lo acompaña por las calles del pueblo. La plaza aún está desierta. Al molino se acercan las mujeres y los niños para la molienda.

Al llegar a la casa de las margaritas se arma un alboroto, lo andaban buscando; unos llorando, otros gritando, en cuanto lo ven, corren a abrazarlo. Salen al río, pensando que se había ahogado, van a la presa, pero nadie lo ha visto.

La luna lo acaricia para adormecer sus sueños, aún sigue sobresaltado. Como un niño inocente se arropa en su propio cuerpo.

Una lágrima recorre su piel morena que guarda caricias furtivas y noches de juerga ¡Al fin se queda dormido!

Al amanecer despierta entre pesadillas buscando al enemigo que atisba sus sueños, esa mujer que lo hizo enloquecer entre sudor y quejidos al fragor de movimientos violentos. Provoca que moje las sábanas tibias. Esa presencia perturbadora trastoca al forastero, sirviendo de guía hasta el río del pueblo. Responde al llamado ¡Chss, chss, chss! Es el río copioso que pasa por el pueblo. Se acuna en su seno, sus formas lo atrapan, el gusto de verse jugando como niño. Se siente atraído entre ramas y raíces abrazadas por el vaivén del caudaloso afluente. Cada gota de agua que toca su cuerpo son luciérnagas que bailan al compás del viento.

Pierde el equilibrio quedando como pájaro herido; sus alas se repliegan, su cuello queda tenso, sus ojitos cerraron las ventanas al viento; flotan en el aire sus miedos, sus pecados. Sus fantasmas y sus pesadillas han quedado en el olvido. Regresa a la casa de las margaritas acompañado de la bruma: Sublime, frágil y etéreo.

Huele a rancio como si el aire estuviera endemoniado. El polvo se filtra hasta cubrir mis ojos, hasta mis pestañas han perdido su brillo; el cabello enmarañado, el bigote desarreglado, disparejo; ¡estoy hecho un desastre! La piel cetrina como de papel cebolla, sumamente delgada. Mis manos gélidas, tanto que no puedo mover ni los dedos; tiesos como de palo, alrededor de las uñas sangre molida, seca de tiempo.

Mis pies más largos que de costumbre con las uñas largas que han roto la costura de los zapatos; se asombra ¡Por eso creo que he crecido! Los pantalones de brinca charcos, sumamente cortos y muy ajustados.

"¿Será que ahora si estoy muerto?" Razona. Han pasado solo unas horas de las palabras del cura del pueblo, rogando por mi descanso eterno; aún huele a flores y a cera derretida.

Aumenta mi frecuencia cardíaca, cada célula viaja a la velocidad del fuego, los latidos de mi corazón están más cercanos a mi cuello, cada pulsación contrae mis músculos; el sudor excesivo moja mi nuca.

Mi cuerpo muy alejado de estar en buen estado, entre estas lombrices y los gusanos se han empeñado en descomponer cada tejido, tan solo quedan hilachos de lo que fueron mis músculos fuertes, morenos y bien marcados.

Eligieron un féretro muy ventilado, siento el viento del cementerio frío, cada hoja seca que cae sobre el mármol me recuerda el otoño y las noches de verano.

Una lámpara encendida me dice que guarda pecados, noches de lujuria y forasteros equivocados.

Me he quedado solo en este ataúd que guarda mis sueños. Solo me queda rogar por esas almas que vuelan entre el cementerio.

GLORIA YVETTE HERRERA
GONZÁLEZ

La ausencia que permanece

Era julio, vacaciones, ¡Oh sí!, vacaciones por fin en uno de los años de mi niñez, llegaba saltando y corriendo hasta la casa de la abuela, desde la calle a varios metros de la entrada ya olía esa sazón divina, qué, de seguro hasta los mismísimos dioses encandilaba.

La abuela ahí, ¡Ajá!, en esa cocina toda apurada, caminaba de un lado a otro, llevando cosas aquí, echando cosas por allá y junto a ella otras mujeres ayudaban a que esos platillos quedaran para chuparse los dedos.

La familia se reunía, pues ya era la hora de la comida y salían esos aromas de chile, arroz, dulce, delicia, tras delicia, devorábamos cada platillo disponible. Hartos de tantos sabores y olores, íbamos hacia el jardín apuraditos, a darnos un festín de postre, pero antes de pasar me quedé admirando a ese espectacular rinconcito que tenía la casa de la abuela, en el patio trasero, pequeño, pero lleno de flores por doquier, en la entrada, en el pasillo, dentro la casa, cualquier espacio estaba disponible para que una hermosa planta de verde follaje o de venturosas flores lo ocupara, yo ahí deteniendo el tiempo; y su belleza.

Varios árboles frutales daban sombra en el césped recién cortado. ¡Sí!, ese aroma inconfundible de un pasto recién cortado, caricia para nuestros receptores olfativos. Al fondo del jardín algunos familiares caminaban, risas y gritos por aquí y otros por allá, algunos retozaban en la alfombra verde natural, los niños y yo ahí con ellos, de mi igual, alcanzando esos manjares de frutos que sólo en esas fechas y que gracias a las vacaciones escolares podíamos disfrutar, entre capulines y ciruelos, quedamos tirados en su jardín oliendo a puro pasto, bien botijones después de esa comida que nos fue a pegar la abuela.

Mi padre, ordenado por la abuela, le mandó a construir, ahí mismo en el jardín, juegos para los latosos nietos, así nos decía de cariñito, una resbaladilla y columpios color azul para que hicieran juego con el del cielo que nos arropaba, sólo por la fascinación de vernos saltar de un lado a otro y revolotear por ahí como las mismas mariposas blancas y amarillas que todos los días llegaban a su bello hogar.

Le devolvía vida y años a su corazón, así me decía... a su corazón.

Yo tenía ocho años; y me lo decía una y otra vez, le daba a su corazón, años y vida. Ya lo creo, la abuela murió a los 93, con harta vida y hartos años.

Me decía ella y escuchaba yo.

Yo, a mis ocho años.

Cataclismo en la madrugada

Insólitos momentos quedan hoy grabados entre múltiples gritos de desesperación y desvelo en la madrugada fatal, al centro de sus corazones una espada fue clavada sin miramientos.

El derrumbo fue inevitable ante fuerza tal que la naturaleza impuso, pobre ser débil ante su poder, le queda ver los desastres que en su misma mente se generan.

Voces en la oscuridad se multiplican como ecos tan largos y lentos en su respirar, no separa ya más su desdicha e infortunio y esperanzado por ayuda, aguarda o abandona con la oquedad en sus bolsillos.

Despierta una nueva mañana en realidades distintas sin presenciar su futuro devastado, pero aún vivo y con las manos hiperactivas suplicando dominio y consideración ante su desventura.

La supremacía se deja ver de soslayo, frente a miradas atónitas de temor y falta de credulidad en quien las posee, es inequívoca la razón de su desfavorable condición, pero con espera ansiosa del amanecer, que bajo los rayos de sol que inundan su alma ruborizada, por el temor que la madrugada les causó.

Y así, sus almas resurgirán de entre los escombros, con el anhelo de mejorar el camino de su expectante futuro, del propio y de los suyos.

En el umbral de la memoria

Con profunda tristeza y gozo,
las almas de los muertos habitan en los vivos,
dejando su dolor y castigo con una mirada al espejo.
Sin retorno se ven alejar, dejando brazos vacíos.

Perdiendo la cordura

En la palma su destino enhebra,
En infantil deseo le preside,
Sin acallar su llanto le dice,
Tranquilo el tiempo decide.

Su lecho destruido se carcome,
Mientras la luz de luna se asome,
Su piel a la vista dorada,
Lleva la soledad marcada.

Por las calles vagaba,
Y en los tumultos negaba,
La cicatriz en su alma,
Jamás hallará calma,
Quería acompañarle eternamente,
Y ahora sólo residirá en su mente.

Papá

El sinfín del destino ha emanado,
Sin poner fin a mi llanto,
En mis ojos quedó tatuado,
El azul gris de tu encanto.

Tu encuentro afable con recelo,
En abrazo lento esperaba,
Favorecida por el cielo,
Con incruento viento te hallaba.

Laberintos al sol se dejan descubrir,
Tranquilos alientos me aligeran,
Añorando mi sueño cubrir.

Como si a mi mirada esculpieran,
Intentando llegar a esa realidad,
Nuestro sino ahora ya está, en la eternidad.

ALEJANDRA GUTIERREZ
LUPERCIO

Ella

El duelo es amor,
El duelo es dolor,
El duelo es esperanza,
El duelo es distancia,
El duelo es sentirte cerca,
El duelo es no verte,
El duelo es paciencia,
El duelo es desespero,
El duelo es conexión,
El duelo es no tocarte,
El duelo es unión,
El duelo es alimento,
El duelo es sabor,
El duelo es espiritualidad,
El duelo es Dios.

Ella

Soy espectadora: es ver cómo ella tiene dominado el espacio y sí, es el lugar más rico, el más calientito de la casa, bello espacio "su cocina" ella es alegría y puro amor. Puedo ver como baila en armonía, canta, se ve pletórica sobre todo sabe que es su sitio. Se ve tan cómoda, no quiero interrumpir sabiendo ella está en su elemento. Es la mujer más generosa, se da todo el tiempo dejando huella imborrable en todos aquellos que hicieron contacto con su esencia; en una palabra, una mujer espectacular fuera de serie, disfrutando de su cocina, el lugar que más amaba. Hoy escribo de ella sabiéndola grande, una mujer que dejaría recuerdos en un sin fin de personas.

Interpreto esto como un sueño, uno muy real: literal la estoy viendo frente a mí, siento alegría, a la vez miedo porque ella marchó hace mucho tiempo; sin embargo, quiero sentirla, hablar con ella; agarro valor y le digo un —hola — en voz baja; voltea, me ve y dice:

—Te estaba esperando, sabía que nos encontraríamos hoy en este sueño, disfrutaremos haciendo una de las cosas que más amo: "cocinar" hagámoslo juntas, haremos un rico mole anda ponte tu delantal.

—¿Por qué mole? — preguntó con gran curiosidad, sabiendo de antemano que era su mejor receta, quiero pensar también le traía recuerdos, hoy por hoy todos recordamos el mole de la abuela.

—Pequeña, la preparación de este platillo es sumamente laboriosa, pero al ser así nos da la oportunidad de disfrutar del proceso el cual es preciso y exacto. Aun sabiendo que la cocina terminara siendo un caos.

—Te platico que los ingredientes son básicos como la vida misma. Los ingredientes de esta familia son sus integrantes, cada uno aportando un sabor especial, ninguno igual al otro, haciendo de este platillo llamado familia algo especial. El día que partí me di cuenta que dejé un recuerdo único en la memoria de cada uno y cómo cada quien vivió de manera diferente el duelo de mi partida. Te puedo decir que identifico quien aún sigue atorado en el proceso y que sé que al pasar de los años será resuelto en positivo, siempre ando revoloteando cerca como una mariposa o libélula.

—Abuela hoy puedo decirte que lloré mucho tu partida, lágrimas de tristeza por la ausencia por no poder abrazarte más, olerte, besarte, escuchar tus consejos; sumamente egoísta de mi parte ya que tu cuerpo estaba deteriorado y cansado yo solo quería tener a mi abue siempre.

Experimentar la pérdida del ser querido nos hace sentir en descontrol, incrédulos y en completa negación; experimentando una falta de esperanza y de futuro.

—Mi niña hermosa, desde mi lugar vi tu dolor, abracé tu pena, quiero decirte que desde ese día vivo a tu lado en espíritu, muy cerca de tu corazón y que siempre velo tus sueños y anhelos.

—Tatememos los chiles, los cuales son variados llenos de color y sabor, es importante cuidar el fuego para evitar se quemen y lleguen amargar el platillo; inmediatamente los olores penetrantes de los chiles inundan nuestras fosas nasales haciéndonos toser hasta cansarnos, inclusive nos lloran los ojos.

—Abue, lloramos en familia tu partida, impresionante cuánta gente nos dio el pésame, cuánta gente sintió tu muerte y lo más bonito es que cada persona que se acercó a abrazarnos tenía una linda anécdota que contar de ti, tu recuerdo sigue en la mente de todos más vivo que nunca.

Parece que explotó una bomba molotov en medio de esta cocina, solo estamos haciendo mole, explosión de colores y sabores; justo estaba metiéndome una cucharada de grajea de colores a la boca cuando alcanzo escuchar a mi abue decir:

—Niña te vas a empachar y mañana estarás llorando por ese dolor de estómago que ni la hierbabuena te quitará y terminaré por jalarte el pellejo de la espalda baja hasta tronarlo.

—Recuerdo ese dolor peculiar al jalar ese pedacito de piel de la espalda baja, nada comparado con el dolor de la separación, del deceso de la persona amada; pasar de la tristeza a la rabia y tener la desfachatez de reclamarle al señor de allá arriba mi querido "Dios".

Los aromas inundan la cocina y la casa entera, sin embargo, todos aguantábamos el proceso pensando en el delicioso resultado, ese rico mole el cual nos comeríamos con un arroz rojo tronadito coronado con un chile jalapeño de color verde brillante y unas tortillas de maíz recién hechas de la tortillería La Victoria.

Olla de barro la cual solo sale a escena el día que se prepara mole rojo, en casa de la abuela, una olla bien cuidada, aunque le falte una agarradera por un pequeño accidente que se tuvo la última vez al lavarla, eso queda como pequeño detalle, lo importante es su tamaño y los sabores que han quedado impregnados en su base. Poco a poco vamos colocando los primeros ingredientes haciendo que la olla chille y grite que esta lista para hacer de su interior una fiesta.

—Aunque no lo creas el día que me fui, el día que dejé este plano llamado tierra, fue dentro de una gran celebración honrando la vida que me tocó, la viví al máximo con sus altas y bajas pero satisfecha de saber que dejé huella imborrable en la gente que paso frente a mí y tu mi niña eres muestra de ello, hoy por hoy, no hay día que no me recuerdes y eso me hace estar más viva que nunca.

El aroma a mole especiado llena el lugar, está hirviendo, se escucha su burbujear fusionando sabores contando historias más listo que nunca para ser degustado. La mesa está casi lista, se coloca el mantel de flores bordadas el cual es de celebración, se escucha el ruido de la loza pesada queriendo participar en este hermoso ritual de fiesta.

El luto es la manifestación externa del duelo, lo que menos queremos vivir en esta casa es ese luto de dolor asociado a un duelo no trabajado, al contrario, queremos vivir un duelo como una superación de dolor y una multiplicación del amor el cual sea capaz de traspasar generaciones y qué mejor que comiendo y disfrutando de este rico mole de la abuela.

No quiero despertar, estoy viviendo un momento único y excepcional no sé si fue un sueño o una realidad inventada y deseada, solo sé que pude vivir a mi abuela, disfrutarla como desde que la concebí en mi vida, un ser de luz.

Que el recuerdo no muera, evocar es amar, sigamos contando sus historias fortaleciendo su vida entre nosotros, eso hace que sigan vivos y presentes en nuestro caminar.

Hoy entendí por qué mis abrazos tienen alas.... van directo al cielo con la gente que más amo.

LORENA BARGAS CAPORALI

Tu partida

Aún sigue la habitación oscura;
                sin principio y sin fin.

Los pétalos en el piso:
                amarillos y estáticos.

La huella del tiempo alrededor...
Ramas secas,
    opacas,
        mullidas por los días
                que se cuentan por diez...

Y entre las semanas y los meses
—Cabe tu partida.

El sonido de la puerta
        sólo dejó la muerte adentro.

LORENA ERICKA VÁZQUEZ
TOSCANO

De luna y ausencia

Soñé como todos los días con tu mirada
y deshojé las horas imaginando tu sonrisa.
Ni la serena luna le trajo paz a mi alma,
ni el aroma de la noche, ni el sonido del silencio,
me dan la calma cuando no te miro.

Soñé como todos los días ¿o estoy despierta?
¿Es más cruel recordarte? ¿O que me olvides?
¿Para que llegará abril, con sus perfumes,
si me falta el aroma de tu cuerpo.
Ni las flores, perfumadas y divinas
Me dan la calma cuando no te miro.

Soñé que terminaba este tormento
y me quedé vacía,
El sueño ahoga, el aire se llena de ese olor tan tuyo.
Y volvió tu recuerdo y muero cada día
en agonía lenta y sin remedio.
Ni el sueño me da la calma cuando no te miro.

Soñé que aún estabas a mi lado.
Que mirábamos el mar, tomados de la mano,
Y la luna nos hechizaba con su magia.
Y quise atrapar el sueño, pero se fue,
como te fuiste tú.
Ni la luna, ni el mar con su belleza,
me dan la calma cuando no te miro.

Dos caminos

Por más que le insistí a Roberto para que regresáramos temprano de esa fiesta, no me hizo caso, la lluvia arreció y el centro de la ciudad era un caos, además él había tomado bastante whisky, me sentí muy inquieta y aunque siempre he sido escéptica, debo confesar que tenía un mal presentimiento, empecé a quedarme dormida y ni cuenta me di cuando ocurrió el accidente, desperté varias horas más tarde en el hospital con mi padre a un lado, le pregunté qué había ocurrido y me dio algunos pormenores, Roberto estaba muy grave y el pronóstico no era muy alentador.

Al otro día fui dada de alta, afortunadamente solo eran unos golpes de poca importancia, mi marido continuaba en terapia intensiva, cuando estaba a punto de irme a casa un hombre se acercó a mí muy molesto, mi padre intentó apartarlo mientras él gritaba que nosotros éramos los culpables de lo que le ocurrió a su esposa, yo no tenía idea de lo que hablaba, luego me enteré que la esposa de aquel hombre también se encontraba en terapia intensiva y con pronóstico reservado y que ellos eran la pareja que viajaba en el auto contra el que Roberto impactó la camioneta.

Me llevaron a casa a cambiarme de ropa y decidí regresar por la noche, al llegar me enteré que la mujer involucrada en el accidente había fallecido, y que el estado de salud de Roberto continuaba empeorando, él murió en la madrugada del día siguiente.

Pasaron las semanas y yo me estaba adaptando a mi vida en solitario, mis padres habían insistido mucho para que regresara a vivir con ellos, pero yo me negaba argumentando que tenía aún varios pendientes que resolver, aunque en mis planes a futuro no cabía esta posibilidad. Incluso fingía que pasaba la mayor parte del día fuera de casa para evitar sus constantes visitas.

Un jueves en que salí a almorzar, un hombre de traje gris se acercó a saludarme y casi se pone a llorar delante de mí, sinceramente yo no tenía la menor idea de quién era, hasta que me dijo que fue el esposo de la mujer fallecida en el accidente en que nos vimos involucrados, lo único que se me ocurrió fue invitarlo a desayunar, me contó que desde ese día el solo pensaba en morir y yo me sentí tan culpable pensando en lo que nuestras imprudencias pueden llegar a provocar.

Nos encontramos en varias ocasiones en ese restaurante, el siempre insistiendo con su idea de la muerte y cada día se veía más deteriorado física y mentalmente, honestamente yo casi no recordaba a mi marido y disfrutaba bastante de mi nueva vida, un día me propuso terminar con nuestras vidas los dos, me citó en su departamento para el fin de semana y me pidió llevar una botella de vino.

Yo pensaba acudir y no porque extrañara a Roberto o quisiera reunirme con él, si es que esto era posible, mi matrimonio había sido arreglado por mis padres y fue por pura conveniencia y esos seis meses que pasé a su lado fueron un infierno, mi intención era ayudar a aquel hombre y disuadirlo de sus ideas

Llegado el día acudí a la cita, él me esperaba con una sonrisa, charlamos, disfrutamos de la música y de un desayuno exquisito, al final me pidió servir el vino y agregó el veneno, yo no estaba de acuerdo y pensé en darle un discurso sobre las bellezas de la vida, pero luego entendí que el merecía ser libre, brindamos y nos sentamos a esperar, él se quedó en el sillón con una expresión de felicidad que nunca olvidaré, yo solo me tomé el tiempo necesario para llamar a emergencias y salí de ahí dispuesta a iniciar una nueva vida muy lejos de esa ciudad.

La vereda

Camino entre recuerdos,
Por la vieja vereda
el alma se conforta con
el cariño de nuestros abuelos,
aunque ya no estén,
el amor permanece,
no importa el correr del tiempo.

MAGDA BALERO

Los hombres no lloran

Se despertó con una punzada en el abdomen. Era el tipo de dolor que se produce como respuesta al vacío que provoca la falta de alimento, pero sabía que no era hambre. Observó que su boca estaba seca, como si hubiera comido tierra. No recordaba en qué momento de la noche se había quedado dormido.

La cabeza le dolía y le costaba mantener los ojos abiertos. Había llorado gran parte de la noche y lo había hecho en la soledad de su recámara, donde nadie lo pudiera ver derramar lágrimas. *Los hombres no lloran*, era la frase que taladraba su cabeza y no entendía por qué, ya que él había tenido muchos momentos en que se hubiera echado a llorar para desahogarse. Recordó que nunca había visto llorar a su padre, ni cuando había enviudado. Esa fue la primera vez que se tuvo que aguantar tanto como pudo, para no derramar una lágrima por su madre muerta. Tenía seis años.

Intentó levantarse de la cama, pero el cuerpo no le respondió. Todo comenzó a darle vueltas. El mundo a su alrededor no se detenía. Solo su dolor permanecía enganchado a su pecho. Se aferró al colchón y fijó su mirada a un punto lejano de la habitación. Rodó en la cama hasta quedar sobre su costado izquierdo. Desde ese ángulo podía ver la puerta del closet abierta. Con apenas unos ganchos del que colgaban algunas camisas suyas, la vista era desoladora. Una punzada en mitad del pecho lo hizo gemir. Apenas girones de recuerdos y sentimientos colgaban de su corazón. Pensó que era el fin. Nunca más iba a amar como lo había hecho.

Hacía una semana que Carmina había llegado con una camioneta y, sin mediar palabra, había sacado todas sus pertenencias.

Tendido en la cama que hasta hacía poco tiempo había compartido con ella, se preguntaba en qué momento Carmina había dejado de amarlo. Si bien ella le había expresado que no sentía amor por él como antes, nunca pensó que tomaría la decisión que tomó, tan inesperada. Aunque no tanto, porque ella le había dado muchas señales de lo que se avecinaba. Un día, en un arrebato, ella le confesó que amaba a otro. Él no quiso darse cuenta.

Apretó los dientes con rabia, estaba arrepentido de haberle dado tanto a esa mujer. Ella nunca se lo agradeció, nunca fue compasiva con él. Sólo lo había utilizado para salir de su medio. Él le ofreció todo cuanto anhelaba.

¡Pero nunca más me vuelve a pasar! Se dijo con voz sorda y aun apretando los dientes.

En su cuerpo experimentó una oleada de energía. Su mente empezaba a despejarse y una idea comenzó a surgir de la bruma en que se encontraba sumergida. Se sentó en la cama con ánimo renovado. La iba a seguir a cuanto lugar ella fuese. Se convertiría en su sombra.

Se vistió y salió a la calle. Activó su teléfono y se conectó a la aplicación que había instalado en el celular de Carmina para rastrearla. Era un excelente técnico en informática y conocía toda clase de aplicaciones y formas de entrar en las computadoras o celulares. Seguro que ella no sabía que lo había hecho. Cuántas veces supo en donde se encontraba y con quién. Si bien nunca había descubierto que lo engañara, si le interesaba saber cada uno de sus movimientos.

Apareció un mapa con las calles bien marcadas. Una pequeña luz roja comenzó a parpadear en un sector de la ciudad. Era la señal del celular de Carmina. Era una zona que no conocía ni recordaba que ella hubiera estado allí antes. Alfonso no se molestó en sacar su auto del garaje; con tantos días recluido en su habitación y casi sin comer, no tenía las suficientes fuerzas para manejar. Decidió caminar hasta encontrar un taxi o llamar a uno de plataforma. Percibía una especie de ánimo renovado con el plan que había iniciado.

Hacía algo de viento que le golpeaba en la cara. Era frío, aunque el sol estaba brillante calentando su espalda. No apuró el paso. Con calma y sin perder de vista su celular, caminó entre la gente. Se desplazaban con ligereza cada uno a sus respectivos trabajos. Sus rostros sin expresión lo esquivaban de forma automática. La señal del celular de Carmina no se había movido de lugar, por lo que decidió detener un taxi para llegar a donde ella se encontraría.

A esa hora de la mañana, todos los taxis llevaban gente. Ninguno se detenía. Miró el celular y de pronto la señal comenzó a desplazarse. Decidió solicitar un auto de aplicación. La hora era caótica y justo se encontraban muy pocos en la zona que tardarían en recogerlo. Caminó dos cuadras más y por fin le respondieron que en dos minutos estarían por él.

Dentro del auto, le pidió al conductor que siguiera sus instrucciones para llegar a su destino. La señal continuaba en movimiento desplazándose hacia las afueras de la ciudad. Se desconcertó porque era una zona en la que nunca había estado. Las casas que comenzaban a aparecer se veían muy pobres. El conductor le dijo que no podía continuar porque estaban en una zona de alto riesgo, por lo que tuvo de descender del vehículo. La señal se había detenido al final del pobre caserío.

Comenzó a caminar entre la tierra y lodo. Algunos niños comenzaron a seguirlo a cierta distancia, fuera por curiosidad o para ver si les daba una moneda. Sus caritas mostraban costras de tierra y mocos. Uno de ellos, el más arriesgado de todos se le emparejó. Comenzó a caminar junto a él. Alfonso notó que caminaba descalzo, como los otros que los seguían. Se sintió intimidado por los chiquillos. Se detuvo un momento y ellos hicieron lo mismo. Reinició la marcha y ellos continuaron. En silencio anduvieron un buen tramo del camino, hasta que escuchó a uno de ellos preguntarle que quién era. No se molestó en contestar, estaba muy cerca del lugar donde la señal del celular de Carmina se había detenido. Tenía urgencia por ver en qué andaba. Un perro ladró detrás de una cerca y Alfonso brincó por la sorpresa. No era amante de los niños ni de los perros. Las risas de aquellos lo incomodaron. No le gustaba mostrar debilidad ante nadie.

Empezaba a sudar. Sus axilas comenzaban a dejar una mancha húmeda en la polo con que se había vestido esa mañana. El sol estaba en el cenit y en aquella zona no había dónde protegerse del astro. Su corazón empezó a palpitar con fuerza cuando la señal le mostraba que había llegado a donde estaba Carmina. Giró en redondo y solo vio casuchas pobres. Cada vez estaba más desconcertado. Los niños no dejaban de mirarlo con curiosidad y un tanto divertidos. Casi no tenían visitantes y eso los entusiasmaba.

Comenzó a desesperarse por no entender lo que pasaba con la señal del celular. Carmina debía de estar en uno de esos jacales porque no se había movido. ¿Qué hacía allí?

Al fin preguntó si habían visto a una mujer entrar en alguna de las casas. Ellos movieron sus cabezas señalando que no. Más desconcertado, Alfonso preguntó a quién habían visto llegar y dónde se encontraba. Se miraron y señalaron una casucha de cartón y techo de lámina al tiempo que corrían hacia allí con entusiasmo.

Confuso caminó despacio, como si contara los pasos hacia lo desconocido. No sabía lo que iba a encontrar. Se acercó en silencio. A pesar de la luz que se derramaba sobre la calle y las casas, el interior de aquella era muy oscuro. Se percibía un olor a muerte y a pobreza. Se guió por los gritos y risas de los niños que atravesaron sin detenerse, pero no alcanzaba a ver a nadie dentro. Permaneció en el quicio de la puerta con el corazón que le palpitaba con fuerza. Sus ojos se acostumbraron a esa oscuridad y distinguió en el fondo a dos figuras inclinadas sobre un catre. En sus manos había unas toallas que remojaban en un pequeño balde con agua y regresaban a la figura que yacía en aquella cama. Distinguió a un anciano que se quejaba bajito. Los niños habían salido y solo se encontraban aquellas dos mujeres y el viejo. Ellas con eficiencia, pasaban los trapos por el cuerpo consumido del hombre que exhaló lento por última vez.

En una silla, junto al catre, Alfonso distinguió un bolso de Dolce & Gabana que reconoció como el de Carmina.

El desconcierto y el pasmo lo hicieron dar un paso hacia el interior del cuarto. Una de las mujeres se giró sorprendida. El velo que cubría su cabeza se deslizó por sus hombros, Carmina lo miró con esos ojos color miel que antes parecían iluminarlo todo, pero ahora estaban llenos de dolor y lágrimas. Llevó su mano hacia el pecho y un crucifijo brilló con el rayo de sol que comenzaba a entrar por la pequeña puerta.

CONCEPCIÓN MÁNICA
ZUCCOLOTTO

Agonía

Una noche más de insomnio
De las tantas ya vividas
Mis ilusiones rotas, la esperanza perdida
Todo esto y más, me han quitado lozanía.
Yo vivía para amarte
Y en tu amor me refugiaba
Creí que era suficiente
que uno de los dos amara.
Triste realidad enfrento
Las pocas horas que duermo
Ya mis sueños son quimeras
Y los días un tormento.
Una rutina es mi vida
Mi pobre alma un lamento
Mi mente confundida
Y mi cuerpo en decremento.
¡Oh! Qué pesar de mis pesares
Es el que más yo resiento:
La rutina de una vida
El lamento de mi alma
La confusión de la mente
O la muerte de este cuerpo.

Duelo eterno

La muerte termina una vida,
no una relación.
Mitch Albom

Al ponerse el alba, Laureano se despertó sudoroso y agotado, como si no hubiese dormido las tantas horas desde el ocaso. Recordaba vagamente, que un fuego ardiente le quemaba la garganta y sus manos buscaban proteger su rostro.

Escuchó el grito de su esposa y el llanto de su pequeño hijo. Le parecía estar viendo los movimientos que ella hacía al buscar entre los recipientes el alimento que el niño demandaba. En otras ocasiones; ya había visto esta escena, pero hasta ese momento notó la cara de cansancio y desesperación de Amalia, y en su cuerpo los estragos de los tantos abortos que había sufrido. Él intentó incorporarse para ir en su ayuda, pero una densa neblina le impedía ver el piso y ponerse de pie.

Con movimientos muy lentos, la madre tomó al niño y acunándolo en sus brazos intentó que se calmara. La necesidad de alimento fue más fuerte que el amor de su madre; el bebé lanzó un gemido tan profundo, que el corazón de Laureano no pudo resistir. Al desplomarse sobre el camastro, el ruido que produjo su huesudo cuerpo llamó la atención del pequeño, que en pocos segundos cesó su llanto.

Amalia no salía de su asombro. Ese ruido una y otra vez, provocaba el mismo efecto. Cuando ella sentía que sus fuerzas llegaban al límite, y la paciencia amenazaba convertirse en cólera, Laureano estaba ahí; para recordarle de alguna manera la bendición de Dios al permitir que su criatura viviera. Cuánto habían deseado un hijo; cuánto sufrimiento al perder uno tras otro. Santiguándose y pidiendo perdón, regresó al camastro, tibio aún por el cuerpo de Laureano, quién nueve meses atrás yacía en su tumba. El amor es la forma en que te mantienes vivo, incluso después de que te vas.

Muerte inadvertida

*El duelo es una forma de amor
que se niega a aceptar la separación.*
Julio Cortázar.

Artemio despertó sintiendo el corazón oprimido y el cuerpo rígido. Por su mente pasaron rápidas y centellantes imágenes de su vida. Se vio a sí mismo a los cinco años disfrutando las tardes de columpio en el jardín familiar; su padre reía de manera estruendosa, su madre suplicante y llorosa pidiendo que no lo meciera tan fuerte. Rosalba, la hermana menor con los ojos entre risa y llanto, balbucea unas palabras. Mientras, desde la ventana de su habitación, Irene se pregunta ¿por qué no soy parte de ese cuadro familiar? ¿seré un Cronopio? ¿un dibujo fuera del margen? ¿un poema sin rimas? ¿y si lo fuera? También los Cronopios necesitan de caricias, besos y abrazos.

Por un instante, Artemio hizo el esfuerzo de regresar la imagen de su hermana mayor; tan querida por él y tan rechazada por su padre. Alcanza a percibir una lágrima cuando sus ojos se encuentran. ¡Cuánto amor y dolor había en ellos! La opresión en su corazón se hizo más fuerte, intentó tenderle la mano, pero su cuerpo aún más rígido se lo impidió.

De pronto otra escena se desvela. Él, Rosalba y sus padres; una navidad, abrazos, cánticos, regalos. Irene más triste y melancólica que nunca, desde su habitación escucha el bullicio; imagina la cara de sorpresa y alegría que pondrá Artemio cuando abra sus regalos. No puede evitar que las lágrimas afloren, y en un destello fugaz las miradas se cruzan ¡Cuánto amor y dolor hay en sus ojos! Artemio desea correr a besarla. De pronto, la figura altiva de su padre se interpone y con voz autoritaria le ordena desaparecer la imagen.

Cuántas escenas más quiere recordar Artemio, escenas donde esté presente Irene. Ver su frágil y pálida figura, su anhelo es aún más grande; desea encontrarse con esa mirada ¡Cuánto amor y dolor hay en ella!

De pronto, en el centro de la sala está un ataúd. Su madre, ahogando los sollozos con un pañuelo y un rosario en la mano. Rosalba con la mirada en el vacío intenta consolarla. ¿Y su padre? ¿Dónde está su padre? ¿Quién está en el ataúd?

Repentinamente Irene irrumpe en la habitación, más delgada y demacrada que nunca. Se acerca lentamente; está tan cerca que Artemio puede sentir el olor a naftalina que desprende su vestido negro y pasado de moda. Quiere moverse, su cuerpo no le responde, desea extender su mano, sentir las caricias que los ojos de Irene siempre le han dado ¡Cuánto amor y dolor hay en sus ojos!

La puerta se abre abruptamente, y en la penumbra, Artemio distingue la figura envejecida y encorvada de su padre, que en un estremecedor grito implora perdón.

Irene, silenciosa desde siempre, exclama: ¡Descansa en paz hijo mío!

Todas somos ellas

Todos los días despierto, temerosa y asustada
Ya no quiero oír noticias de mujeres violentadas.
Llevo mucho tiempo en silencio
pero nunca olvidé la melodía.
Tengo que alzar mi voz y
Hacer valer mis derechos.
Soy mujer.
Y un entrañable calor me abriga
cuando el mundo me golpea.
El calor de madres, hermanas, hijas, amigas.
Vamos Unidas por la infamia.
De amenazas, violaciones, insultos, humillaciones
Marginación, aislamiento, y una muerte temprana.
Hay que revertir el hechizo.
De estereotipos de género: sumisas, abnegadas,
Débiles, sentimentales, adaptables, complacientes.
Ante las atrocidades tenemos que tomar partido.
El silencio estimula al verdugo.
La violencia es condición humana.
Alcemos la voz, hoy, mañana y siempre.
¡Qué! poco es un solo día, hermanas,
que poco, para que el mundo acumule flores
frente a nuestras casas.
Una vez marchitas las flores
Ya no hay sollozo.
Nada, más que un silencio atroz.

Comunidad Voz de tinta
Invernaderos La Raíz De La Palabra,
Que florezcan nuestras voces,
e inunden al mundo entero,
POR y PARA
Las mujeres cuyos ojos
Nunca verán la estrella del amanecer.
TODAS SOMOS ELLAS.

ELIZABETH ARÉSTEGUI
GONZÁLEZ

Duelo anticipado

Abro los ojos, Estiro el brazo para buscar el celular que está en la mesita de noche y ver la hora, son las 6:15 de la mañana, cierro nuevamente los ojos, me vuelvo a acurrucar en la cama con toda la intención de dormir un rato más, y es entonces cuando mi cerebro empieza a proyectar todo lo vivido en los tres últimos meses, me detengo en mis sentimientos, los observo y me lleno de asombro, no hay dolor que muerda el alma, no hay rabia que haga nudo en el estómago, no hay tristeza que desgarre el corazón, solo hay una extraña tranquilidad.

Me vi bajando del avión que me traía de regreso después de unas vacaciones en la casa de la playa de mi amiga Erika, el celular sonó y al contestarlo, el tono de voz de mi yerno hizo que sintiera un estallido en el estómago.

—Por favor ven directo al hospital, se trata de Elisa.

Bajé del taxi arrastrando la maleta, en la puerta del hospital, el mayor de mis nietos me esperaba.

—Abuela algo está muy mal con mi mamá, tienes que hablar con los doctores.

Me condujo a una pequeña sala en donde estaban sentados alrededor de un escritorio, mi yerno, dos doctores, uno muy joven y el otro ya mayor, y mis otros dos nietos, uno de los doctores me acercó una silla y me

73

pidió que me sentara, para entonces mi cuerpo temblaba por dentro y mi intuición me decía que algo muy grave estaba pasando.

Dos días antes, Elisa había entrado al hospital para ser operada de emergencia de un problema de vesícula, y aparentemente la operación había sido exitosa, sin embargo, la recuperación no estaba transcurriendo como se esperaba, por lo que se solicitaron nuevos estudios.

El doctor Saldívar, el mayor de los dos, puso en el negatoscopio una de las radiografías que mostraba el corazón de Elisa, empezó a señalar con una pluma, explicando lo que mostraba la radiografía, explicación a la que yo no ponía atención, lo único que alcanzaba a hacer, era tener la vista fija en esa mancha negra en la parte derecha del corazón de mi hija, la cabeza me daba de vueltas, las piernas y las manos me temblaban, por un momento pensé que me iba a desvanecer, y fue entonces cuando puse atención a las últimas palabras del doctor

—Es urgente abrir para ver qué tanto daño a causado el tumor, y sobre todo ver qué clase de tumor es, ya se dio aviso al cardiólogo, solo necesitamos el consentimiento de la familia.

La acompañamos hasta el elevador que la conduciría al quirófano mostrándole nuestras mejores y muy fingidas sonrisas, deseándole mucha suerte y asegurándole que cuando regresara a su cuarto nos iba a encontrar a todos esperándola, antes de que el camillero la metiera al elevador, me tomó la mano y con una mirada que reflejaba angustia, me preguntó:

—Me voy a morir mamá?

Ese fue el primer cuchillo que se me clavó en el alma.

—Ni lo pienses, tú eres una guerrera y todo va a salir bien.

No había pasado ni media hora, cuando salió del quirófano el cardiólogo con su celular en la mano, se acercó a nosotros y nos mostró un video en el cual se veía un corazón con una enorme bola de carne sanguinolenta que cubría casi todo el lado derecho.

—Lo siento mucho, no es común que en un corazón se desarrolle un tumor maligno, pero desgraciadamente este es el caso, abrí y tuve que cerrar de inmediato, no hay nada más que hacer.

Esa misma noche la pasaron a terapia intensiva, para que pudiéramos despedirnos de ella, según palabras del doctor, su frialdad me caló hasta el fondo del alma, ¿cómo era posible que existiera una persona tan fría, tan inhumana?

Ella, una mujer joven que cuidaba mucho de su alimentación, que hacía ejercicio cotidianamente, siempre animosa, dedicada en cuerpo y alma a su trabajo y a sus hijos, ahora estaba en una cama de terapia intensiva con un enorme tubo que salía de su boca y se conectaba a un suministro de oxígeno.

Me sentía imposibilitada, inútil para ayudarla y lo único que hacía era no quitar la vista de su hermoso rostro, no lloraba, solo pensaba que esto no podía estar pasando, que era un error de la naturaleza, o que el doctor se había equivocado, que mañana despertaría y me daría cuenta de que había sido una pesadilla y que ese mismo día estaría comiendo con ella como cada lunes.

En un momento de desesperación tomé la decisión de pedir otra opinión. Un sobrino me recomendó a una oncóloga que tenía su consultorio en ese mismo hospital.

A partir de ese momento, empezaron a circular por su cama oncólogos, cardiólogos e infinidad de personajes vestidos de blanco, unos más famosos que otros, cada uno daba una opinión diferente y proponían diferentes tratamientos, lo único en lo que todos estaban de acuerdo, era en que era un caso muy raro, que en todo el mundo se conocían muy pocos sucesos de pacientes con un carcinoma en el corazón.

Los momentos que me permitían estar con ella, solo podía repetirle que la amaba mucho, pero que ella tenía que luchar por su vida, que siempre había sido una guerrera y que no podía dejar de luchar, que sus hijos la necesitaban, que yo la necesitaba.

Un día que fui a mi casa para bañarme y descansar un poco, me vi en el espejo y en ese momento, una rabia incontrolable invadió todo mi ser, la ira me hacía temblar por dentro y por fuera, estaba enojada con la vida, con mi hija y conmigo misma, grité, maldije todo y a todos, aullé de rabia y dolor, rompí cosas y encaré a Dios, le grité que no existía, que era un mito, porque si existiera, no permitiría que estuviéramos todos viviendo tanto dolor, y que si existía, entonces era un sádico que gozaba viendo sufrir a sus hijos, lloré y lloré hasta que el cansancio me venció y me quedé dormida.

A la mañana siguiente, desperté terriblemente cansada, me dolía todo el cuerpo, me serví una taza de café y mientras lo tomaba a sorbos pequeños, recordé todo lo que había hecho y dicho la noche anterior, trataba de identificar mis sentimientos, pero, estaba como seca, no sentía nada, solo pensaba en que estaba muy enojada con Dios. Di el último sorbo a mi café, me levanté de la mesa y me fui a preparar para regresar al hospital.

Había una multitud esperando el único elevador que funcionaba y yo tenía mucha prisa por llegar a ver a mi hija, así que decidí subir por las escaleras, al subir el último escalón del primer piso me topé con la capilla del hospital, entre y me senté en la primera fila, frente al altar.

—No vengo a disculparme por todo lo que te dije anoche, vengo a hacer un trato contigo

—Mi vida por la vida de mi hija.

A partir de ese día, subía las escaleras, entraba a la capilla, me sentaba en la misma silla y le ofrecía el mismo trato.

Después de tres días de la misma rutina, me percaté de que ya no le exigía, le rogaba, y siempre terminaba bañada en lágrimas.

Se decidió quitarle el tubo para ver si era capaz de respirar por sí misma, yo me imagino que esperaban que en el momento de quitarle el tubo el final sería inminente; sin embargo, para asombro de médicos y enfermeras, respiró por sí misma, por lo que le fueron quitando poco a poco los medicamentos que la habían tenido en un coma inducido, a los dos días despertó.

Después de un mes en el hospital, por fin la llevamos a su casa, estaba muy débil y terriblemente delgada, las quimioterapias que le daban dos veces a la semana la dejaban totalmente desgastada, tenía momentos en los que hablaba con nosotros, y otros de absoluto silencio, en los que -pienso yo- trataba de asimilar su realidad.

Cuando me iba a mi casa a descansar un poco, lo único que me apetecía era dormir y dormir y dormir, no podía comer mucho y lo que menos quería era bañarme y alistarme para regresar a su lado, mi parte lúcida me decía que estaba pasando por una depresión severa de la cual no deseaba salir, solo quería dormir.

Los días pasaban entre quimios, doctores, hospital, unos días medio buenos, unos malos, y otros muy malos, todo esto desgastaba a toda la familia, la vida transcurría presa de un agotante estrés para todos.

Llegaron las fiestas navideñas y tratando de llevar una vida normal organizamos la cena de fin de año, Elisa quiso bajar al comedor y a pesar de que ella casi no cenó nada, la cena transcurrió en armonía y tranquilidad, por un momento volvió a ser la mamá platicadora y alegre que siempre la había caracterizado.

El primer día del mes de enero, después de nuestra amena cena, fue presa de un ataque de epilepsia, lo que hizo que regresara al hospital a terapia intensiva, y otra vez batas blancas entraban y salían, le pusieron una máscara de oxígeno porque no estaba oxigenando bien, todo el día las enfermeras le daban pastillas, le ponían inyecciones, los camilleros la subían y la bajaban del laboratorio a radiología, y de radiología a cardiología para hacerle nuevas radiografías, tomografías, electro cardiogramas y demás, poco tiempo estaba despierta, y cuando estaba consiente y lúcida, hablaba poco, solo pedía estar con sus hijos.

Las enfermeras de terapia intensiva nos hicieron la concesión de que sus tres hijos entraran juntos a visitarla.

Un domingo estando todos en la sala de espera, apareció el doctor Saldívar y nos pidió que nos acercáremos, que tenía que hablar con nosotros.

—Lamentablemente no tengo buenas noticias, sus pulmones ya están llenos de agua, lo único que se puede hacer para que le llegue aire y viva un poco más, es intubarla nuevamente.

Ni mi yerno, ni mis nietos, ni yo, queríamos seguir viéndola sufrir, así que decidimos que no la intubaran más, únicamente se le dejó la máscara de oxígeno, rogándole al doctor que le diera lo necesario para que no padeciera de ningún dolor y esperar a que su tan desgastado cuerpo se rindiera.

En cuanto el doctor salió de la sala, bajé a la capilla, me senté en el mismo lugar y tuve una conversación con Dios.

—No entiendo tus designios, pero los acepto, solo dame las fuerzas y la sabiduría para saber qué debo de hacer con mi vida ahora que ella ya no va estar.

El lunes a las 4:00 p.m., mi pequeña Elisa con un semblante de paz, nos dejó.

Algunas personas me insistieron en que tenía que ir a terapia, o por lo menos hablar con un tanatólogo, que no era normal que, a tan poco tiempo de su partida, hubiera reanudado mi vida cotidiana, que no llorara, que no estuviera deprimida, que tenía que vivir mi duelo.

Lo que todas estas personas no sabían, y yo nunca me tomé la molestia de aclararles, es que al mismo tiempo que Elisa vivía su partida, yo vivía mi duelo, preparándome y acompañándola en el camino hacia el final.

Viví a su lado todas las etapas de mi duelo anticipado:

La negación.

La ira.

La negociación.

La depresión.

Y por fin la aceptación.

Hoy solo me queda agradecer a Dios los 48 años que me permitió vivir con ella: sus éxitos, sus fracasos, sus tristezas, sus alegrías, su llegada a este mundo y su partida, no sé si a otro mundo.

Ahora solo anhelo honrar su travesía y su legado en esta vida, y la mejor forma de honrarla es continuar su trabajo con mis nietos, por hoy esa es mi misión y trato con todas mis fuerzas y mi amor cumplir con los designios de mi Creador, aunque no los entienda.

PILAR OCAMPO PIZANO

Los ojos del espejo

Entré a esa casa vieja que albergaba mi infancia.

Tan sólo cruzar el umbral me llevaba a esas mañanas de sábado con olor a chocolate, a salsa de huevo y al sonido del repicar de las campanas en la Basílica de La Soledad, Patrona de Oaxaca, llamando a misa de siete a.m.

Me volvía a ver de niña, con mi escaso cabello rubio, corriendo de un lado a otro en ese patio amplio de mosaicos verdes y fuente circular en medio; volvía a escuchar los pájaros en las esquinas y la agitación en casa porque el abuelo volvería pronto a comer y había que tener todo listo e impecable.

Hoy ya no estaba ni el abuelo, ni los pájaros, ni esos olores y colores que habían acompañado mi infancia. Hoy sólo había un patio en silencio, descuidado, con macetas vacías y tierra seca.

Siempre era una sensación agridulce volver a esa casa.

Crucé la sala donde se encontraba el piano negro, silencioso desde hacía años y aquella ventana, que sólo se abría en días muy especiales, cerrada desde hacía mucho tiempo, junto a la consola muda que había dejado de tocar a Los Churumbeles de España, desde la muerte del abuelo.

Entré a la recámara y la vi sentada frente al tocador, muda, congelada; su mano derecha intentaba tocar la imagen que le devolvía el espejo, mientras la izquierda exploraba su rostro con ojos incrédulos y llorosos.

No me sintió entrar; me quedé parada en el umbral observando encantada el ritual de autoexploración; era como si quisiera conectar de alguna manera ambas imágenes, en un intento rústico de ser una sola.

Finalmente se percató de mi presencia.

Con ojos llorosos, casi de niña suplicante que siente la urgencia de comprender un misterio, se volvió hacia mí y me preguntó: "Mi'jita, ¿cuándo envejecí de esta manera? ¡Esta no soy yo!".

En ese momento comprendí que operar de cataratas a una mujer que las había tenido los últimos diez años de su vida, no fue la mejor opción.

En ocasiones la mirada del recuerdo es infinitamente más benévola que la de la cruda realidad del paso del tiempo.

Desde ese día, mi abuela, aunque recuperó su visión, perdió para siempre las ganas de cantar...

El parque del sol

Era una hermosa mañana soleada de primavera; las ramas de los árboles se mecían suavemente como respuesta a la caricia del viento. El vaivén era tan cadencioso que ni siquiera inquietaba a los pájaros que parecían uno con la sombra que se proyectaba en el pasto verde recién regado por los aspersores automáticos.

La algarabía de los niños jugando, y las distintas vocecitas matizadas de risas, hacían juego con los brillantes colores del parque de juegos.

Había una resbaladilla roja con las escaleras y el pasamanos en aluminio; un poco más allá, un volantín azul con amarillo en donde los niños daban vueltas felices y unas barras rojas en donde algunos pequeños se convertían mágicamente en changos, hasta que sus deditos se deslizaban y el suelo de goma les recordaba su existencia de *homo-sapiens.*

El ambiente estaba tan lleno de vida como de colores, convirtiendo el escenario en un día perfecto. El clima era una verdadera delicia.

Ella estaba sentada en uno de los columpios con su pequeñita en el regazo. Era una nena de aproximadamente unos 3 años de edad, con unos rizos rubios que se movían suavemente con el viento y brillaban luminosos cuando un rayo de sol que se filtraba entre los árboles los tocaba.

Tenía un vestidito blanco, sencillo y unas sandalias a juego. Sus penetrantes ojitos color almendra brillaban al sentirse amada y segura. Todo su ser emanaba armonía, belleza y paz.

Los dedos de la madre acariciaban suavemente uno de los rizos, disfrutando con el toque de su primera maternidad; sin duda, tener a su hija entre sus brazos iba más allá de lo que cualquiera le había descrito.

¡Habían luchado tanto por ese embarazo! Doctores, análisis, muestras de sangre semanales, pastillas y más pastillas de acuerdo al protocolo de inseminación artificial para preparar su cuerpo para el momento perfecto. Después, los interminables días de espera para la tan deseada y temida prueba de embarazo en cada ciclo.

El dolor y la desilusión del primer ciclo fallido la había acompañado inevitablemente hasta el mágico momento del resultado positivo. Tomó una respiración profunda llenándose del olor a primavera y pensó que todo había valido la pena con tal de tener ese cuerpecito entre sus brazos, poder oler su cabello y mirar esa sonrisa llena de luz, vida y alegría. No podía sentirse más dichosa y agradecida.

"Mami, no voy a poder quedarme", le dijo la pequeñita súbitamente con una voz y una mirada llena de dulzura. "Tengo que irme".

Había en su voz un tono suave, amoroso y firme que contrastaba con lo inesperado de la despedida. Todo se puso negro.

Despertó sobresaltada llevando instintivamente sus manos al vientre; su corazón latía con una mezcla de incertidumbre y certeza que no podía describir. Una parte de ella comprendió, la otra ya estaba en duelo.

Movió a su esposo que dormía profundamente a su lado y le dijo: "Llévame al hospital, la nena ya no está".

"¿Cuál nena? ¡Ni siquiera sabemos si es niña! Fue una pesadilla, vuélvete a dormir. Todo está bien, eres una mujer muy sana, son los nervios normales de las embarazadas".

Dos semanas después, en la cita de seguimiento, cuando el doctor les comentó que ya tenía los resultados de la muestra que tomó durante el legrado, ella no le dio importancia a la explicación de la trisomía 18 que había sido la causa del aborto espontáneo, ni siquiera le importó saber que era producto de lo que el doctor llamó lotería genética y puede ocurrir aún en las mujeres más sanas; solo tenía una pregunta en mente: "Doctor, ¿el reporte dice el sexo del bebé?", el doctor asintió con la cabeza. Su corazón latió aprisa, justo como cuando esperaba el tan anhelado positivo de la prueba de embarazo. ¡Su maternidad iba en ello!

"Era niña, ¿verdad?".

El médico checó nuevamente el reporte en ese inolvidable folder blanco y, haciendo un gesto de genuina sorpresa, le respondió: "Efectivamente, ¿Cómo lo supo?".

No pudo responder, una sonrisa agridulce nació en su corazón asomándose tímidamente en su rostro a la par de dos lágrimas que corrían libres por sus mejillas. La mezcla de dolor, certeza y gratitud le cerraba la garganta con una realidad que existía sólo en una dimensión que no se encontraba en ese folder blanco: ¡Ella ya había sido madre! Su hija le había hecho el regalo más bello en un indescriptible acto de amor que trascendía a la ciencia. Ya no había duda alguna de que habían disfrutado juntas esa mañana en un parque lleno de sol y colores.

Lo que seguía siendo una pregunta sin responder era el sustantivo que se adjudica a las madres que pierden a un hijo, dentro o fuera de sus entrañas. "Quizá aún no lo han encontrado porque el dolor que se siente va más allá de cualquier palabra existente", pensó, y esa respuesta fue suficiente para comprender que superar un duelo no implica olvidarse de la pérdida, sino encontrar una manera de seguir viviendo con ella en el día a día.

No necesitaba buscar nada, su nena le había dado ya su propia fórmula esperándola amorosamente en "El parque del sol" cada que la mujer necesitaba recordar que ya había sido madre, en ese espacio único que sería solo de ellas por la eternidad.

AIDE MATA

Tadeo

La pequeña ciudad de Oxolotlan, estaba siendo azotada por la nueva plaga del siglo, al igual que el resto del mundo quienes sufrían los embates de la pandemia. En todas partes, la crisis rebasó el sistema de salud siendo imposible atender a los muchos que se sumaban a una selección antinatural que al final de cuentas al no tener los medios necesarios terminaban sus días sin esperanza de sobrevivir, muchos de ellos ni siquiera podrían llegar al hospital y, a decir verdad, los que llegaban tampoco era seguro que sobrevivieran. Tan cruel era la situación que las autoridades se vieron en la necesidad de comunicar a la ciudadanía que los fallecidos en sus casas deberían ser sacados a las calles para levantarlos y ser llevados a un crematorio masivo, nunca antes se había escuchado tal atrocidad, la gente tenía miedo y aun cuando muchos estuvieron en contra de esa disposición se vieron forzados a ceder y a sacar a sus muertos al exterior, avergonzados de no poder darles un entierro digno.

Con gran dolor, Tadeo fue uno de los que tuvo que acatar la orden, cuando su padre dio su último respiro se despidió de él y se dispuso a enredarlo en su propia sabana lo más respetuosamente que pudo, después lo cargó en sus hombros para llevarlo afuera y colocarlo en el borde de la banqueta, no tuvo corazón para abandonarlo solo ahí, como lo hacían otros tantos por miedo a contagiarse o a que los juzgaran los demás, él se sentó junto al cuerpo a esperar para acompañar al único familiar que le quedaba hasta que llegaran quienes lo llevarían a su destino final.

Encorvado por la pena, el joven cuya piel curtida por las inclemencias del tiempo y su arduo trabajo, observaba el cadáver tan solo cubierto por una frazada, aún tenía fresca la imagen de su padre pidiendo ayuda con la mirada mientras se le iba la vida, miró a su alrededor y supo que era solo uno más sumido en el caos de la desesperación.

Al igual que el resto, Tadeo parecía impasible ante la demás gente que vivía la misma situación que él, en aquella calle la cual no parecía tener fin, nadie se atrevía a transitar por ahí o incluso a salir de sus casas por miedo al contagio, algunos pocos como él, acompañaban a sus deudos, pero eran pocos, pues el resto de los difuntos yacían solos sobre aquel pavimento frío y gris.

En su mente se formaban cúmulos de pensamientos, no lograba sacar toda la ira que lo embargaba al no comprender lo sucedido, el recordar cómo la salud de su padre se fue quebrando rápidamente, lo que empezó como un simple resfriado se convirtió en algo tan maligno que le cortó hasta el último aliento de vida, fueron días de soledad y tortura al observar cómo se acercaba su fin sin poder recibir consuelo, el verlo rezar en su agonía para no morir sabiendo que solo se tenían el uno al otro.

Cerró los ojos con firmeza para no dejar caer ni una sola lágrima, siempre pensó que los hombres debían ser fuertes, creyó que solo los débiles lloraban. ¿Por qué a mí? ¿por qué a él? ¿por qué Dios permitía todo esto? ¿acaso nos olvidó? Eran preguntas que venían a él, las cuales nunca imaginó tener que hacerlas.

La pérdida era tan grande y la culpa se agregaba a su humilde corazón por estar ahí a la intemperie sin posibilidad de ofrecerle un funeral digno, entrelazaba sus manos apretándolas lleno de frustración y de vergüenza, su cara era apenas visible pues usaba el pañuelo que alguna vez su padre ató al cuello, él lo usaba ahora como cubre boca, sin importar si éste realmente lo protegía, aunque en ese momento ya eso no importaba.

Soltó un pequeño gemido ante todo lo que estaba viviendo y como si el cielo supiera la tempestad en su alma, el color ocre de la tarde se volvió opaco, un viento gélido y arenoso comenzó a soplar trayendo consigo una desesperanza casi tangible de quienes a la pobreza se les añadía una muerte cruel.

Conforme pasaban las horas y el sol se escondía en el horizonte, Tadeo absorto en sus propios pensamientos no presto atención a los bultos cubiertos que se acumulaban en las aceras hasta donde alcanzaba la vista, el ambiente empezó a impregnarse de llantos y lamentos mientras él continuaba callado sin externar sus emociones, sin percatarse de que el negarlas y esconderlas le estaba ocasionando un daño mental y físico.

Sentado en el borde, se dio cuenta de que la vida no sería igual, tanto para él como para los muchos que estaban viviendo la misma situación, saber eso no llevaba ningún consuelo, muy al contrario, su pena aumentaba, no había persona alguna que se acercara a darle una palabra de ánimo, así como él mismo no podía ir a dónde los demás para intentar convencerlos que todo iba a estar bien, ya nada lo estaba. Despacito empezó una diatriba susurrando una despedida a su padre como si siguiera vivo y pudiera escucharlo, solicitando un perdón que nunca llegaría, no se atrevía a tocarlo, llevaba horas de muerto y él solo entrelazaba sus manos con nerviosismo al comprender en parte su orfandad, no contaba con familiar alguno para desahogarse o apoyarse emocionalmente por lo que tuvo la sensación de caer en un abismo lleno de melancólica apatía.

Vio pasar las horas sin que nadie se presentara a recoger aquellos cadáveres que se apreciaban en la calle, la gente gritaba por justicia sin tener ningún tipo de respuesta, pero, ¿cómo atenderlos si todo estaba colapsado? Funerarias, ambulancias, crematorios, hospitales, incluso las iglesias que no podían ayudar a convencer a las personas de que Dios escuchaba sus oraciones, para todos, solo quedaba aquella angustiosa espera que minaba sus ánimos de vivir.

Aquel chiquillo hecho hombre a la fuerza, quien custodiando a su ser querido continuaba envejeciendo en su interior, no sospechó jamás la huella indeleble que como una lacerante cicatriz, quedaría permanente en cuerpo y alma, tal vez el tiempo lograría sanarlo o enterrar lo vivido en lo más profundo de su mente, pero mientras, la agonía de esos días se veía sobrepasada ante las circunstancias, un duelo no vivido, un dolor indescriptible, la humillación de verse en espera de que alguien desconocido alejara de ahí el cuerpo de quien tanto había querido y lo llevase a un lugar incierto. ¿Cómo resignarse y salir ileso? Todo aquello no sería tan fácil de borrar.

Pasaría muchas horas en ese estado, sufriendo en silencio, tragándose todo su sentir, llorar o gritar su pena no era una opción. "Qué no es usted macho", escuchaba en sus adentros la voz de su padre cada vez que parecía flaquear, aunque todo aquello en su interior estuviera abarcando todo su ser.

El sol inclemente apareció en el firmamento, muchos temieron que el aroma de aquellos caídos llegara a impregnar el ambiente, aunque en realidad todo el pueblo olía a muerte desde hacía meses, a lo lejos el vehículo oficial que ya venía por ellos apareció puntualmente haciendo sonar una sirena para anunciar que era hora de recoger los vestigios del día...vestigios que ya no eran personas, humanos, seres queridos.

Tadeo se levantó lentamente cual si hubiera envejecido diez años en tan solo unas horas, con todo el dolor almacenado en su ser se preparó para la despedida final, agradeciendo a su padre el tiempo compartido mientras estaba consciente de que esos instantes sentado al lado de su cuerpo en plena calle los llevaría por siempre en su memoria, a partir de ahí no sabía cómo llevaría su vida; la depresión, monstruo cruel hizo presa de él, tambaleándose cual ebrio quiso correr a retener un poco más la presencia de su padre cuando vio a los oficiales del ejército subir el cadáver junto al resto, pero tuvo que dejarlo ir, ya le informarían después a dónde recoger los restos o la hoja que aseguraba su descanso.

Lo vio partir, caminó detrás junto a otras personas, pero solo unos pasos, luego cuando se hubieron perdido en la distancia dio la vuelta y entró a la morada que alguna vez fue un hogar lleno de cariño para enfrentarse a la dura realidad de la soledad y el remordimiento.

MARÍA TERESA VÁZQUEZ
BAQUEIRO

Reflexiones astrales sobre la cosmogonía humana

En algún punto de la historia de la humanidad, el Sol y la Luna platicaban; iniciaron una profunda reflexión sobre la cosmogonía de la dignidad humana, habían perdido la dimensión del tiempo y las veces en que habían contemplado juntos a la tierra. Cada eclipse era una cita esperada.

En aquel encuentro la Luna se apreciaba más oscura y es que así se sentía, el Sol mirándola de frente en el punto más cercano a ella le dijo de manera tierna, cariñosa y cálida.

—Amada mía ¿cuántas historias de amor hemos inspirado? Somos y seremos los eternos enamorados del universo. Ella algo fastidiada, dirigió su mirado para otro lado. Él insistió nuevamente, con su mejor sonrisa.

—Dime, ¿qué te preocupa?

Ella le respondió con indiferencia y algo de pesar.

—Hoy no, Sol, no un eclipse más donde platicamos sobre cómo hacemos sentir a los seres humanos, donde nos reímos de un nuevo nombre que te han dado o romantizamos un nuevo poema o verso que me han dedicado.

El Sol no entendía por qué después de tantos siglos, hoy ella no quería platicar de los sueños que más la habían impresionado o el secreto más oscuro de aquellos a quienes cada noche cuidaba.

Todos sabemos que la Luna nos mueve a cometer todas las locuras posibles e imposibles, algo que el Sol siempre ha admirado de su amada. Es que Él realmente la admira, es bella e inteligente. Él proporciona el calor que genera la vida en la tierra, pero ella, su hermosa compañera, es quien inspira e influye en los pensamientos, sentimientos y emociones de todo ser humano, ella es quien inspira a poetas y escritores. Ella, atrevida, romántica, estaba triste y lo miraba reflexiva.

—Recuerdo aquel eclipse donde me platicabas que te llamaron Shamash, por aquel Rey de Babilonia, quien dijo a los primeros seres civilizados que les habías enviado algo más que calor para que las semillas crecieran y se alimentaran. Recuerdo que construyeron una gran columna en tu honor con el maravilloso mensaje para una mejor vida, "no se harían más daño sin sentir el mismo sufrimiento que habían causado".

—Claro que lo recuerdo, los seres humanos apenas comprendían que mis rayos iluminan por igual a todo ser vivo. Luego nos enteramos que aquel rey se llamaba Hammurabi, vaya nombre.

—Tuve esperanzas con la humanidad en aquel momento. Parecía que empezaban a entender que no podían hacerse daño sin recibir consecuencias y que no llegarían lejos si no se respetaban y ayudaban.

La Luna miraba por momentos al Sol y en otros a la Tierra, con la tristeza reflejada en su rostro. El Sol quiso consolarla con el rayo más cálido que tenía, pero ella le respondió que no era momento para esas cosas.

Él la miró con fastidio, tanto tiempo esperando tenerla cerca y ella solo quería reflexionar sobre aquellos a quienes parecía no importarles el sufrimiento y dolor de los suyos.

—No podemos hacer nada señora mía, estamos demasiado lejos, nuestro trabajo es muy específico y con cumplirlo a cabalidad hacemos más que suficiente. Pero reconozco que esos seres hacen cosas verdaderamente maravillosas, cómo olvidar aquellos grandes monumentos en nuestro honor hechos con las fuerzas cansadas de los esclavos del viejo mundo, qué majestuosas pirámides en nuestro honor, construidas exclusivamente para nuestro deleite. Pero tú solo te fijabas en el sufrimiento de aquellos seres, pero algo pasó y de nuevo lo comprendieron y lograron el éxodo de muchos de ellos y surgió una nueva era.

La Luna lo interrumpió fastidiada, si acaso agotada.

—Pero no aprenden y repiten una y otra vez sus errores. Griegos y romanos parecían comprender que donde reina la injusticia no podrá haber paz, y por ello tuve fe en la humanidad nuevamente. Pero no fue suficiente el surgimiento de la filosofía en Grecia y el derecho en Roma.

Para esos momentos el Sol ya sufría como su amada, veía que su encuentro llegaría a su fin y aún no lograba consolarla, porque Él realmente la amaba.

—No todo está perdido, hay esperanza Celestial, Amada, recuerda las muchas veces que reinos y regímenes tiranos han caído ante los reclamos de justicia. Cuando han errado en el camino por la ambición, fueron más los que alzaron la voz y acaso la pluma. Recuerdo aquellos mil años de pestes, hambre y desolación, pero luego vino el renacimiento de la razón y entendieron que ninguno es amo y señor de la dignidad del otro.

Por un momento la cara de la Luna se iluminó al escuchar las palabras del Sol. Él sintió que lograba que la esperanza en la humanidad germinaba nuevamente en el corazón de su amada.

—Quizás tengas razón— respondió Ella. Incluso lo han dejado por escrito, para que no vuelvan las noches de llanto y lamentos. Ojalá que esos libros, con balanzas en sus portadas, que describen recetas para que no existan más injusticias y guerras, no sean deshojados y borrados por nuevos tiranos.

El Sol complacido la contempló mucho más animada.

—He escuchado, noches atrás, los pensamientos nocturnos de un hombre que sueña con exterminar a todo aquel que no esté de acuerdo con el mundo que él desea crear. Sueña cada instante, bajo mi luz, con dominar países. Sus ojos solo ven lo que su mente le muestra. Seres humanos imaginarios, irreales, no como aquellos cuyo corazón palpita sobre la faz de la Tierra. Pobre amiga mía.

Aquel eclipse llego a su fin, el Sol vio que su amada se alejaba y pensó en el duelo interno que vivía su Celestial Dama, una vez más los humanos la entristecían, pero también se dijo para sus adentros, porque es más viejo que ella y ha visto pasar muchas estrella y asteroides, que los humanos son seres llenos de contradicciones, pero son buenos y vale la pena darles lo mejor de su luz y compartir con ellos la sabiduría de la Luna.

ANA MARGARITA ANDRADE
PALACIOS

San Miguel y el alma atormentada

¡San Miguel, San Miguel! Corre un soldado angélico hacia el gran general, cuando éste se está equipando en su brillante armadura, por lo que con prisa y voz autoritaria le responde:

Dime, ¿qué sucede?

San Miguel, hay un alma que afligida te llama, quiere tu intervención, ¿puedes atenderle?

¿Qué le pasó? Preguntó mientras verificaba su espada en potencia y poder,

Acaba de perder a su familia, ha sido víctima del jinete de la muerte injusta, y aunque ya fue toda una corte de ángeles, su desconsuelo es tal que te llama a ti, te pregunta porque no protegiste a su familia si tanto te las encomendó.

San Miguel por un momento se detiene, mira intenso hacia su soldado y le pregunta:

Dime, ¿porque fue esto?

Su soldado duda por un momento, pero conociendo la impaciencia de su general empieza a hablar.

Ella cada noche te encomendaba a sus familiares, pero decidieron ir a una fiesta en donde había personas con actos punibles y desafortunadamente a ellos también les alcanzaron balas pese a ser inocentes. Perdió a sus padres, su hermana y hermano.

El general contrae su entrecejo y pregunta: ¿qué quiere de mí, que los resucite? Sólo el todopoderoso puede permitirlo y hacerlo, si él los llamó, nada podemos hacer, ni siquiera yo.

Dice que quiere saber por qué no los protegiste si ella siempre te los encomendó.

Miguel, un tanto molestó dijo con la voz como de rayo: déjala pasar su duelo, ya se calmará. Todos debemos obedecer y aceptar.

¡Está bien general, como usted ordene! Dicho esto, el soldado se alejó.

Más el alma doliente, continuaba en suplica, acostada en su cama, débil y paralizada por el dolor interno:

Miguel... San Miguel ¿Por qué no vienes a mí? ¿Por qué no me escuchaste? ¡Yo confié en ti San Miguel, yo confié en ti! Y el llanto le quebraba el alma. Por momentos caía en el sueño del cansancio, pero cuando recuperaba la conciencia, volvía a llamarlo: ¿San Miguel, porque no me atiendes?, ¡Ven a mí, dime, respóndeme por favor!, ¿Porque no los cuidaste?, ¿por qué no?

Así fueron pasando los días, lentos como los granos de un reloj de arena, y las noches se desvanecían silenciosas, respetuosas del dolor.

La pena fue tan grande que el alma se entremezcló en el dolor con la debilidad y el desvanecimiento hasta que, en algún momento, al abrir los ojos vio una gran luz sobre ella, extrañada quiso levantarse de la cama, pero no pudo, pareció anclada a ella, entonces asustada llamó con fuerza: ¡San Miguel, ven en mi auxilio! ¡San Miguel tú que amas y sirves a Dios, ten piedad de mí, yo soy su hija, no me ignores! De repente una luz azul aún más brillante se vio venir a una velocidad impresionante y de manera inesperada levantó una bruma de humo blanco que al esfumarse dejó ver a un ser muy alto, hermoso, revestido en una brillante armadura dorada con azul y rojo en la pechera y sus sandalias, su mirada tan azul pareciendo contener el cielo en ella, un estremecimiento se apoderó de la débil alma, tembló por el magnetismo de la gran presencia, pero luego sintió un poder protector sobre ella y se relajó.

Ese ser tan imponente y hermoso, le habló: ¡Dime, ¿qué quieres que haga por ti? Me has llamado incesante que he sido enviado a atenderte.

El alma asustada por un momento miró, más luego de reconocerle le preguntó: ¿Por qué si eres el general del poderoso ejército del cielo, que puede bilocarse en dónde eres necesitado, no escuchaste mi ruego, si yo tanto te encargué a mi familia? ¿Por qué fuiste indiferente y los dejaste morir en injusticia, por qué? Le dice el alma con la voz quebrada.

San Miguel conmovido por su devoción a él, se acercó, se hizo pequeño, como un humano, se sentó a su lado en su cama, y le preguntó mirándole a los ojos:

¿Por qué afirmas que yo no los ayudé? le pregunta en tono bajo pero firme.

El alma se sobrecogió y preguntó: ¿Tú acudiste a ellos?

¡Claro que lo hice!, siempre te he escuchado cada día y cada noche, me han sido encomendadas tus peticiones y nunca he dejado de protegerte, entonces ¿porque me has juzgado tan duramente cuando hice lo mejor que pude por ellos? Le preguntó en tono sereno.

Pero, entonces, ¿Por qué murieron? Preguntó el alma atormentada.

¡Por piedad!, respondió con calma San Miguel.

Ellos ya tenían que regresar, más su destino iba a ser de tortura y de mayor injusticia, sus almas no hubieran soportado tanto mal, ellos solo vinieron a acompañarte un tiempo, a fortalecerte, a mostrarte cómo sobrevivir, ayudarte a tener fe, a creer, a tomar un camino de luz, pero debían regresar al origen de la luz, cumplieron su encomienda contigo, ahora te toca a ti continuar para cumplir con el plan por el cual estás aquí. Tú serás consuelo de almas en duelo que como tú se sienten perdidas, sin luz, desorientadas, pero tú en medio del dolor sigues en la luz porque ni un instante dejaste de llamarme, lo que evidencia tu fuerte fe en lo divino, por eso he sido enviado para estar ahorita contigo, debes de aceptar que las cosas cambien, pero que aunque así sea, tú no deberás dejar de ser luz, necesitamos muchas luces para guiar y para iluminar, aun cursando pruebas que les templen el alma para entender a los dolientes pero necesitados de luz y consuelo, ¿quieres hacerlo?, le preguntó seriamente san Miguel.

El alma atormentada dejó de llorar y un tanto consternada movió ligeramente su cabeza hacia un lado reflexionando sobre lo que acababa de escuchar, su energía parecía condensarse en fortaleza, reflexionó sobre que, tal vez sus seres queridos hubieran sufrido torturas y cosas que los hubieran destruido por dentro, y no, no quería eso, ellos no lo merecían, así que reflexionó un poco más y entonces habló.

Si ellos solo vinieron a ser mis maestros a y fortalecerme, ¿Por qué ahora me siento como muerta por dentro?

Por qué les has amado mucho, pero antes de que creas que así como estás no puedes continuar, ven conmigo un momento.

San Miguel la tomó en sus brazos y se desplazó hacia el cielo, en el espacio, de ahí le llevó alrededor del planeta, pero hizo paradas breves para mostrarle diferentes situaciones.

Y lo primero que vio fue un edificio con muchos departamentos de bajos recursos y dentro de uno de ellos, un niño pequeño como de unos cinco años siendo pateado por su propia madre porque su rostro le recordaba a su padre, el hombre que la abandonó. San Miguel le dijo: mira su alma y le permitió ver a través de su cuerpecito y vio su alma herida perforada como si hubiera sido balaceada por el maltrato de su madre, y le dijo: ese pequeño está en duelo porque no encuentra amor en el seno materno que lo trajo al mundo y poco a poco su alma va muriendo.

Ahora vamos a otro lado, y a una velocidad impresionante hacia una mansión de gran lujo en donde había una delgada jovencita, rodeada de lujo exquisito pero que cuando ya estaba acostada, se veía abrirse la puerta de su cuarto y entrar un hombre canoso de aspecto pudiente y poderoso, tapaba la boca de la pequeña, ella aterrorizada de reconocerle, le suplicaba: ¡No abuelo no, por favor no! Y el hombre mayor la lastimaba dejándola herida y refugiada en su lujoso baño bajo la regadera, y San Miguel le mostró nuevamente esa alma, llena de mayor oscuridad, en penumbras que se van desvaneciendo como arenas en el desierto hasta no quedar nada y le dijo: ¡Esa alma también está en duelo!

Ahora vamos a otro lado, y le llevó a un lugar apartado en medio de monte y jungla con una humilde anciana, está llorando al pie de su fogón, porque no tiene comida qué cocinar y comer después de haberle heredado en vida sus bienes a sus hijos, y ellos sin haber aprendido a ganarse lo propio con esfuerzo, decidieron desalojarla antes de que muriera y se olvidaron de ella, ahora cada día muere un poco más por la ingratitud recibida ante el exceso de condescendencia que ella otorgó creyendo que dando bienes, daba amor y educación, esa alma, también está en duelo.

Ahora vamos a otro lado, y le lleva en donde hay una perra muy flaca, que ruega con su mirada que le den un bocado de comida para sus cachorritos que le esperan, pero ven que las personas solo la espantan y patea como si ella fuera una plaga y no un ser vivo. Ven pasar a una señora con ropas muy cuidadas a orar a su templo y otra va de prisa con el rosario en la mano a rezar a la iglesia, la perra les camina al lado, les mira con desesperación apelando a sus almas, pero la ignoran y una señora le levanta una pierna para patearla y otra le tira una piedra, la perra herida arrastra su débil humanidad con lágrimas en los ojos de regreso hacia sus cachorros, y San Miguel le dice: mira su alma, esperaba ver un alma igual en oscuridad, pero se ve una suave luz en su interior, el alma atormentada se sorprende y le pregunta, ¿Por qué tiene luz en su interior si solo es un animal? Y San Miguel le mira un momento y voltea a ver a la débil perra y le dice: Por que ama. Sufre por amor a sus cachorros, quiere darle lo que ellos necesitan y no quiere tomar nada para sí. En ese momento San Miguel levanta la mano, le lanza un rayo de luz y casi de inmediato se ve llegar una noble alma hacia ella, le da algo de comer, la recoge y se la lleva a un refugio. Y le dijo: las almas indiferentes a tal necesidad y dolor, también oscurecen su alma y dado que debían de ser abiertas a la necesidad ajena, en algún momento se equilibrará y ya sea en sus descendientes, verán que serán ellos los que sufran hambre, indolencia y necesidad, porque dejan a muchos de esas pequeñas almas morir en un duelo de dolor por la indolencia y la falta de humanidad en ellos.

Ahora vamos a un lugar más, y le llevó a un lugar en el trópico, a una casa en donde vive un hombre maduro en soledad, sus familiares al paso del tiempo murieron y aunque de vez en cuando le invitan a algún convivio y va, le dejan comiendo en soledad, nadie platica con él, los jóvenes prefieren no tomarle en cuenta y los padres de los jóvenes solo platican entre ellos, sin mirar que el alma de ese hombre solitario anhela momentos de conversación real con alguien, que le miren arrastrando el duelo de las ausencias que cada uno le encajan las garras del dolor tratando de ignorarlas porque todos le dicen que "debe seguir adelante" pero nadie le dice que debe seguir adelante con el alma media muerta, pero ya no le encuentra sentido a la vida, pero en realidad a nadie le importa, él también, está en duelo.

De ahí San Miguel le lleva de regreso a su habitación y le dice, ¿ya viste cuantos tipos de duelo puede haber? Hay más, solo quiero que sepas que solo un alma en duele pudiera tener la sensibilidad suficiente para ver otra alma en duelo, y por ello hay almas genuinas como la tuya que son seleccionadas para que llegado un punto se enfoquen totalmente a la obra y al servicio al que han venido a ayudar, porque hay mucha necesidad de ello, así que, qué dices: ¿aceptas ser luz que contagie a otras almas en duelo? En realidad, si todos quisieran, lo fueran, pero tú hace mucho aceptaste comprometerte a ello y ahora ha llegado el momento. Guarda silencio San Miguel y le mira con amor.

Sí, acepto ser luz, y con este duelo en el alma reconoceré a las almas en duelo sin importar su especie, para brindar consuelo.

Bien, de esa manera honraras a los tuyos en gracia y bendiciones.

Pero San Miguel, si hago esto, ¿entonces tú ya no ayudarás? le preguntó el alma atormentada.

San Miguel sonrió y le dijo: nunca me permitirían abandonarte, yo nunca abandono, te ayudaré a cada paso del camino porque te convertirás en una alma servidora del cielo, pero en la tierra, y créeme que tendrás mayores ayudas y bendiciones, además no te quedaras en soledad, si buscas, puedes encontrar almas con las cuales empatizar y ayudarse mutuamente, ten fe.

Dicho esto, San Miguel le tocó la cabeza, y el alma atormentada durmió, tres días después despertó, reconoció que su cuerpo se sentía sano, fuerte y aunque el silencio y las ausencias en casa le traspasaban el alma, decidió aun así levantarse, desayunar, lavarse y tomar comida, la embolsó y salió a la calle, vio a un perrito hambriento, sacó un bocado generoso, se lo dio y de ahí se dirigió a casa de un par de viejitos al final de la calle, en una casita de tablas y láminas de cartón que cada día pasan recolectando latas para vender y comer, y les habla:

¡Hola buenas tardes vecinos! ¡Hola!, los viejitos intrigados, se asoman por su desvanecida puerta y le dicen: ¡Hola vecina! ¡Lamentamos mucho su perdida! El alma atormentada se conmueve por su condolencia, porque ella siempre pasaba orgullosa en su carro de lujo y nunca les saludaba, sabía de ellos, siempre les veía recoger leña, latas y cosas para vender y poder comer, pero nunca los vio con el alma.

Con un nudo en la garganta, les miró, bajó un instante su mirada, se imaginó a San Miguel mirándola, sopló por lo bajo y dijo: Me disculpo si yo nunca les di las condolencias cuando perdieron a sus hijos en un accidente y así mismo perdieron su casa, ahora entiendo que nadie está exento de algún saber lo que es el duelo, por eso quiero preguntarles, ¿si me permitirían comer con ustedes? yo...yo...me siento en una inmensa soledad. Bajó la cabeza.

Los viejitos se miraron y dijeron: si claro, pero de momento no tenemos...

En eso el alma atormentada sacó una vasija grande de su bolso y les dijo:

¿Podemos compartir compañía y alimentos? Ya entendí que, aunque nacemos con una familia, si la perdemos, los que estamos en duelo, podemos aprender a conformar otra nueva familia unida por la empatía del dolor.

Sí, claro que sí, pase. Dijeron los humildes ancianos.

Y dijo el alma atormentada por lo bajo para sí: ¡Gracias San Miguel, ahora sé que, aunque están arriba, sí nos escuchan!

KATHERINE LÓPEZ LÓPEZ

Memorias de mi alma

Hoy comparto una pequeña parte de estas memorias de mi alma que cuentan mi propia historia, deseando que mis palabras puedan ser un eco para seguir encontrando la valentía, la fortaleza y el amor para seguir transformando mis lágrimas en sonrisas y tener razones para seguir adelante y no rendirme.

Tal vez escribir sobre la muerte es frío y desolador, quizás un tanto crudo, pero es una realidad inevitable, los enigmas detrás de la muerte son infinitos y cada persona la afrontamos de acuerdo a nuestra cultura, educación y costumbres.

A mí, en lo personal, me llena de temor y escalofrío el simple hecho de escuchar la palabra, aunque hoy por hoy me considero una mujer valiente respecto al tema, mi verdadero miedo no es mi propia muerte, sino perder a los seres que amo y sufrir ese duelo y desolación que me deja cada despedida, no haber pasado el tiempo suficiente con cada uno de ellos, no tener los recuerdos necesarios para sostenerme, no haber logrado metas y sueños, locuras y deseos, no haber besado y abrazado lo suficiente, no haber dicho te amo cada día, y es que después de vivir y luchar una guerra en contra de ella, vienen a mí las siguientes preguntas:

¿Quién está realmente preparado para enfrentarla?

¿Quién está realmente preparado para aceptarla?

Cómo entender, cómo aceptar que llega en su momento, que así debe ser, que no está en mis manos, ni en las de nadie decidir que sea hoy, que sea mañana, que sea en diez, treinta o cincuenta años, que simplemente se presenta, llega y te sacude y te destruye, y tenemos que aceptarla.

Hace 20 años la muerte tocó a mi puerta, se presentó en mi vida sin advertencia, sin aviso, sin señal alguna, se llevó a mi hija, a mi pequeña, a mi estrella, a mi bebé de dos meses con veintiocho días, me la arrebató de entre mis brazos, se la llevó en un suspiro, en una fría mañana invernal.

No la esperaba, no pude verla, simplemente llegó y sacudió cual terremoto mi vida. Hablando de desastres naturales, con ellos trataré de definir un poco lo que sentí, juntaría la sacudida de un terremoto, con las fuertes olas de un tsunami, los destructores vientos de un tornado, la fuerza intensa de un huracán y por qué no, la ardiente erupción de un volcán; creo que todos esos fenómenos naturales juntos alcanzan a expresar lo que mi ser por completo experimentó ante dicho encuentro, jamás imaginé conocerla de esa forma, jamás imaginé vivirla y sentirla en carne propia, jamás imaginé que se podía morir estando viva.

Veintiocho de diciembre del 2005

Cinco de la mañana

¡Nicole no puede respirar!

La tomé entre mis brazos, agarré las cobijas de su cuna y la envolví, mientras mi esposo corría por mi otra hija y el teléfono celular, subimos al auto en pijama, sin zapatos, directo al hospital, mi esposo contactó al pediatra quien de inmediato nos atendió al teléfono, nos pedía calma y hacia mil preguntas, mi esposo hacía lo imposible por llegar, esquivando autos, tocando el claxon, pasándose semáforos y fue en uno de ellos que por más intentos que hizo no pudimos pasar. Nicole me miró y en un suspiro dejó de respirar, el pediatra gritaba al teléfono desesperado mientras yo le indicaba que mi hija ya no estaba respirando, me dio instrucciones para darle RCP, me dijo que inclinara su cabeza, tapara su nariz y le diera respiración con mi boca y al mismo tiempo le diera masaje en el corazón. Nicole no reaccionaba, pasaron tres o cinco minutos que para mí fueron una eternidad y llegamos al hospital. Inmediatamente el pediatra la recibió y trato de reanimarla, quizás deba decir revivirla, una enfermera se llevó a mi otra hija a una sala de espera, mi esposo daba vueltas y vueltas y yo en una esquina arrodillada imploraba un milagro, junto a mí la esposa del pediatra me daba palmadas en la espalda con palabras de aliento y oración. Instantes después el doctor cubrió con una sábana a mi bebe y con la cara desolada y la cabeza agachada, nos dijo no hay nada qué hacer... ¡Su hija falleció!

En ese instante el tiempo se detuvo, en fracciones de segundos pasaron frente a mi dos meses con veintiocho días de imágenes congeladas en mi mente y corazón, mi cuerpo recibió una descarga eléctrica de adrenalina, sentí un salto al vacío sin red, las piernas me temblaban, no me respondían, estaban adheridas al suelo que pisaba, entré a un abismo sin luz donde escuchaba voces a mi alrededor, pero no podía ver nada, un inmenso e insoportable frio invadía mi ser, una nube de gas asfixiándome, un veneno letal recorriendo mi sangre, frente a mí estaba la muerte, arrebatando de mis brazos un pedazo de mi vida.

¡Nicole sufrió un paro cardiorrespiratorio!

Me acerqué a mi hija recostada en la camilla de emergencias y la cargué, la abracé fuertemente y en mi segundo de desquicia quise salir corriendo de ahí con ella en brazos, quise despertar de esa pesadilla, quise que abriera sus ojitos y me mirara una vez más, quise que con sus deditos acariciara mi cara, quise que despertara y llorara, quise, quise y quise evadir mi realidad cuanto más pudiera.

La agonía apenas comenzaba...

Entre el proceso de trámites, muchas llamadas, llanto imparable, infinitas preguntas; llegamos a una funeraria, al llegar con Nicole en brazos nos acercamos a la recepción, mi esposo llenó los documentos correspondientes mientras nos explicaban los procedimientos de sus servicios, escuché el ruido de una puerta y vi salir a un joven poniéndose unos guantes de látex, hasta el día de hoy es una escena que no puedo olvidar, el ruido de la puerta rechinar, el sonido de los guantes, ya saben, como cuando estiramos un globo y lo soltamos, el aroma a lavanda con el cual se encontraba trapeando el piso la señora que estaba haciendo limpieza y que se mezclaba entre más olores a flores de nardos y rosas, el aire helado que soplaba cada vez que se abría la puerta de la entrada, la señorita de la recepción nos indicó que ya venían por el cuerpo, se acercó el joven y me dijo:

Entrégueme el cuerpo, para prepararlo para el funeral.

¡No pude!, ¡No pude!, ¡No pude entregarle el cuerpo de mi bebé!, me abracé a ella tan fuerte, mi esposo le pidió al joven un momento, él se alejó un poco, y yo me di media vuelta llorándole a mi niña, era el momento de desprenderme de ella para siempre, no volvería a verla, no volvería a cargarla, no volvería a besarla, no volvería a sentirla, no volvería a acariciarla. Es justo en ese momento cuando dejé el estado de shock a un lado y desperté a mi realidad, tenía frente a mí la más grande batalla para enfrentar y me encontraba completamente desarmada, mi esposo al lado de mí todo el tiempo, me quitó a mi hija de los brazos y se la entregó al joven junto con la bolsa de ropita para cambiarla y nos dijo que en dos horas estaría listo el funeral. Dos horas después frente a mí la inevitable muerte, qué escena tan cruda, tan fatal, tan estremecedora, mirar el pequeño ataúd blanco con el cuerpo sin vida de mi hija, en un cuarto frío y fúnebre, con un cirio encendido y dos arreglos florales, un olor a lamento, a llanto, a dolor, yo en una dimensión desconocida, viendo todo pasar, con sabor amargo en la saliva, los dientes entumidos, con las manos frías, la mirada perdida, mi cuerpo no respondía, mi corazón y mi alma se encontraban sin vida, mi esposo y yo nos tomamos de la mano para acercarnos a ver a nuestra hija, los dos temblábamos y ahí estaba debajo del cristal que la cubría, como un ángel caído del cielo, mi estrella fugaz se apagó, se murió, nunca más volvería a brillar, abrazada al ataúd llena de lágrimas pregunté al cielo y cuestioné a Dios:

¿Por qué? En ese momento me transporté a un lugar en el que nunca había estado, había largos senderos cubiertos con hojas secas y nieve, pinos altos, muy altos, yo justo en medio de uno de ellos caminando con prisa, con la vista fija al frente mirando la luz del cielo que se veía al final, al infinito, escuchaba tantas voces:

¡Lo siento mucho! ¿Cómo paso? ¡Te acompaño en tu dolor!

¿Cómo estás? ¡Mi más sentido pésame! ¿Cómo te sientes?

Así pasé todo ese momento, me iba y regresaba, cada vez que volvía, me encontraba con más familia y amigos, todos diferentes durante la madrugada, unos llegaban, otros se iban, al mismo tiempo las manecillas del reloj seguían avanzando y llegó el amanecer y con él, el traslado al crematorio para incinerar el cuerpo de mi hija.

No recuerdo exactamente qué sucedió después de la cremación, tengo escenas borrosas, más adelante, ya en nuestra casa, la familia se despidió, fue la despedida más triste, porque nadie se quería ir, nadie nos quería dejar, pero todos tenían que regresar a sus trabajos, a sus vidas y sea como sea la situación en la que uno se encuentre viviendo, la función tiene que continuar.

Y sin pensarlo llegó el día primero de enero del 2006.

Y como dicen por ahí, año nuevo vida nueva...

Mis preguntas eran:

¿Cómo?, ¿Cómo puedes volver a vivir después de morir?

No tenía la fuerza suficiente para continuar, para seguir, no quería hacerlo, solo llevaba conmigo sensaciones y emociones de adrenalina obscura, había momentos en que reía y reía sin parar de locura, comencé a hablar sola, a mirar el reloj desesperadamente, a sentir el sudor en mis manos, el nudo en la garganta, la respiración acelerada, la impaciencia del tiempo, comencé a sentir la ansiedad y la depresión asomarse, quería desafiar la vida y suicidar mi cuerpo, romper el silencio lleno de culpa, una culpa que no existía, yo vivía dentro de una nube de gas que respiraba lento asfixiándome, no podía calmar las ansias de mi alma, solo pensaba en desatar mi nostalgia y olvidar que yo existía.

Mis días pasaban sin pena ni gloria, lo mismo era la noche, que el día, el tiempo no se detenía solo le daba vuelta una y otra vez a ese reloj de arena que vivía en mi cabeza, Todos me miraban y me decían:

Te vez muy bien, Que fuerte eres, El tiempo te ayudará, No pierdas tu fe, Dios te fortalecerá.

Pero solo yo sabía que al cerrar mi puerta vivía en agonía, incapaz de darme cuenta de todo lo que estaba descuidando y destruyendo a mí alrededor. Empezando por mi cuerpo, que lo llevé al límite duplicando mi peso en tan solo unos meses, destruyendo mi salud, a escondidas de mi familia todos los días ponía en práctica una rutina de autodestrucción con atracones de comida chatarra que saciaban mi ansiedad por momentos, hoy agradezco poder decirlo, porque en esa etapa de mi duelo, destruir mi cuerpo era lo único que llenaba mi vacío existencial.

Hubo momentos, cuando terminaba dormida después de tanto llorar, que soñaba que todo estaba bien, pero al despertar la realidad cada vez era más insoportable, porque de una manera no consciente descuidé y dañé profundamente a quien más amo en mi vida: mi hija Any, quien tenía tan solo cinco años, y yo estaba causándole una herida colateral y es que mi dolor me cegaba tan egoístamente al grado de no darme cuenta que mi hija también sentía dolor y estaba viviendo su propio duelo. Llena de culpa, vacía y con mil preguntas más optaba por dormir para desconectarme de la realidad de lo que estaba siendo mi vida.

Mucho tiempo solo fue vivir mi día a día, solo eso, vivir por vivir, sin fe, sin esperanza, sin ilusión, sin sueños, sin ganas, todo era una insoportable rutina que me llevó a un desgaste como mujer, como esposa, y llevé mi matrimonio al borde del divorcio en muchas ocasiones.

Se necesita ser una persona muy fuerte para sentarte contigo misma, calmar tus tormentas y sanar tus heridas sin arrastrar a nadie hacia tu propio caos.

Mi proceso de duelo duró siete años, en ese tiempo me destruí por completo y arrastré a los que amo, caminé en oscuridad en línea recta, sin rumbo y sin dirección, respiraba por instinto, mi cuerpo se movía por inercia, hay situaciones que matan tu espíritu y mueres, aunque estés respirando. Yo tuve que morir para aprender a valorar la vida, y cuando hablo de morir no hablo de dejar de existir. Mi duelo fue un proceso por el cual tuve que pasar para transformar mi vida, sanar se produce en el plano físico y emocional al mismo tiempo, en el pasado y en el presente. Muchas personas quisieron ayudarme, pero no puedes ayudar a quien no quiere ser ayudado y no es que me negara a recibir la ayuda, es simplemente que a veces no hay nada que se pueda hacer y cuando no hay nada que se pueda hacer solo queda respirar. Hasta que no limpies tu alma de todo aquello que te hace sufrir, no podrás llenarla de todo aquello que te va a hacer feliz, finalmente lo que deba ser será y sucederá de una forma natural.

Para comenzar a sanar le di permiso a mi cuerpo de comenzar a auto sanarse, física, emocional y espiritualmente, comencé por perdonarme, no hay liberación más grande que el perdón, lo acompañé de aceptación total, infinito agradecimiento y una perfecta dosis de amor. Mi sanación comenzó el día que solté mis excusas, mis límites, mis cadenas, mis patrones mentales, mi lamento, la tradición, la obligación, la rutina, el drama, y me atreví a vivir lo nuevo, a decir lo nunca dicho, a pensar lo no pensado, valorar lo que tengo enfrente y me he negado, conectarme con mi ritmo y tiempo. Hice consciencia de que existen sufrimientos más grandes que el mío y hoy por hoy la labor social es una parte fundamental en mi vida.

Soy resiliente, soy valiente, soy fuerte, estoy en el camino que elijo día a día, mi destino lo construyo con cada despertar, amo nacer cada día, conozco el dolor detrás de mi sonrisa, sé que hay amor y sabiduría en cada una de mis heridas, mis cicatrices hablan de mis guerras ganadas.

Hoy honro a mi hija Alessandra Nicole, mi estrella, disfrutando el amor y la vida como ella me enseñó: sonriendo... y la recuerdo no por la forma en que se marchó, sino por la forma en que cambió mi vida. Ella vino a enseñarme que el amor no es como yo creía, el amor trasciende más allá de la misma vida.

Gracias por tanto Alessandra Nicole, nos faltó una vida, pero tenemos toda la eternidad.

Made in the USA
Middletown, DE
24 May 2025

75843694R00073